PIERRE VÉRON

PARIS

ARNAULD DE VRESSE, ÉDITEUR
55, rue de Rivoli, 55

29

JE, TU, IL, NOUS, VOUS, ILS

(2)

PARIS. — IMP. A.-E. ROCHETTE, B^d MONTPARNASSE, 72-80

PIERRE VÉRON

JE, TU, IL, NOUS, VOUS, ILS

PARIS

ARNAULD DE VRESSE, ÉDITEUR

55, RUE DE RIVOLI, 55

I

1

1

Il y a longtemps (quinze jours peut-être) que nous n'avions entendu parler d'un phénomène, et les amis du surnaturel commençaient à s'émouvoir.

La dernière invention avait été le tambour des zouaves qui guérit toutes les maladies par l'imposition des mains ; voici qu'une autre merveille nous arrive, au dire de la réclame. C'est l'Amérique qui nous l'envoie. O Barnum ! serait-ce là de tes coups ?

Naguère encore nous voyions un nègre jouer la tragédie à Versailles. Aujourd'hui il s'agit d'une négresse qui pratique le somnambulisme en tout genre, de façon à stupéfier les plus incrédules.

Je souhaite à ce prodige qui doit s'exhiber prochainement plus de succès que n'en ont obtenu les esprits ; et pourquoi ce succès ne viendrait-il pas ?

Les mêmes gens, en effet, qui se posent en esprits forts sont les premiers à ne pas vouloir dîner treize à table ou à trembler devant l'influence fatale du vendredi. O sainte Bêtise, mère nourricière de tant d'enfants prodigues, que de temples on devrait t'élever !

Mais de toutes les bêtises, la bêtise superstitieuse est la plus lucrative à exploiter. D'où l'extension qu'a prise le commerce du fluide à notre époque. Les débitantes de fluide, vulgairement connues sous le nom de somnambules, ont chacune leur spécialité.

Basant sur quelques faits irrécusables de magnétisme tout un échafaudage de mensonges, la plupart traitent indistinctement, et à la demande des amateurs, les questions les plus diverses.

Bijoux ou parents perdus, amours malheureuses, affaires d'intérêt, de famille, de santé, présent, passé, avenir, tout est de leur domaine et de leur compétence.

Deux catégories cependant ont les préférences des adeptes : la catégorie des sorcières-prophétesses et la catégorie des sorcières-médecins.

N'allez pas croire toutefois, d'après leur nom, que le séjour des sorcières ressemble aux demeures terrifiantes et infernales que les poëtes à imagination se sont plu à décrire.

Entrez chez madame X..., une des plus illustres, et vous chercherez vainement la marmite ou le manche à balai sur lequel les romantiques font chevaucher les écuyères de la fantaisie.

Les sorcières ont suivi le progrès. Elles s'habillent à la dernière mode, portent les robes de soie de la civilisation, sont même quelquefois jolies et ne chevauchent qu'au Bois de Boulogne.

Quant à leur antre, c'est tout simplement un salon décoré comme tous les salons le sont, aujourd'hui que l'égalité du moellon donne aux

appartements un cachet monotone d'uniformité.
Une fois entré dans ce salon, vous attendez.

Règle générale, en effet : que vous soyez seul ou
qu'il y ait déjà une nombreuse affluence, vous
attendez autant. Ainsi le veut une habileté pré-
méditée. Il s'agit avant tout de persuader au
client que la foule se presse aux consultations de
la pythonisse.

Quelques albums, un ou deux traités de magnétisme, un volume d'attestations sont placé.
au milieu de la table. Encore un excellent moyen
pour influer sur les dispositions du profane
Enfin vous êtes admis ou admise.

La somnambule commence par vous regarder
attentivement. Là est le secret de son art.

Une sorcière versée dans le métier doit, au
premier coup d'œil, reconnaître le motif qui vous
amène. Pour les femmes, ce motif change rarement. Amour! amour! tu perdis Troie, et tu fais
vivre les somnambules. Reste à savoir si la cliente
est mariée. Oh! pour cela, je ne suis pas sorcier,
mais je prétends reconnaître entre toutes la

femme qui, troublée, émue, hésitante, va, en
l'absence ou à l'insu de son mari, demander à la
sorcellerie des nouvelles d'un adultère passé ou
futur.

Pour les hommes, l'examen a besoin d'être plus
approfondi, maintenant surtout que l'argent a
pris sur l'amour la préséance dans les cœurs vi-
rils, et que l'émotion d'une liquidation difficile
est pour le moins aussi vive que celle d'une passion contrariée.

N'importe! la sorcière a donné son coup d'œil;
si elle se trompe, on le verra bien! Alors arrive
le magnétiseur, personnage à part dont la description m'entraînerait trop loin.

Le magnétiseur prend la main du *sujet*, le regarde dans le blanc des yeux, fait trois ou quatre
passes, vous murmure un : « *Elle dort* » mysté-
rieux, esquisse une révérence et s'éloigne.

Le moment solennel est arrivé, la consultation
commence. Là aussi commence le plus curieux
de l'observation. C'est un duel, un véritable duel
qui s'engage entre la sorcière et sa pratique.

L'une cherchant à faire parler l'autre, qui s'obstine à se taire.

Elle a pris votre main dans sa main, elle prononce d'une façon inintelligible quelques mots entrecoupés de soupirs : *Deus, ecce Deus !* Voici la mystification ! Le fer est croisé, garde à vous !

— Vous venez pour une affaire ? dit-elle.

— Oui, répond le client.

Ce *Oui*, à lui seul, contiendra tout un monde pour la sorcière. A sa précipitation, à sa gravité, à son intonation, elle se confirmera dans l'idée préconçue par elle.

— Affaire de cœur, continue-t-elle. Vous voudriez avoir des nouvelles... des nouvelles...

Là, presque toujours, le client laisse échapper son secret. Sinon après mille détours, mille feintes, la sorcière vous mènera à son but, vous fera croire tout ce que vous veniez demander et complétera la consultation par des prédictions sur l'avenir. Celles-là, ne pouvant se vérifier immédiatement et ne gênant pas la recette, sont données avec libéralité.

Que si par hasard la somnambule tombe sur un visiteur mal intentionné, c'est-à-dire sur un visiteur qui refuse de lui faciliter par ses révélations sa tâche épineuse, alors elle s'impatiente, et, si vous vous fâchez à votre tour, elle prétend que votre incrédulité entrave le fluide.

Avec cette excuse, la dame extra-lucide peut toujours se tirer d'un mauvais pas. Témoin un de mes amis qui — en vrai sceptique qu'il est — alla consulter une sorcière en tenant à la main une touffe de crins soyeux coupés à sa jument. Sur cette touffe, la malheureuse sorcière bâtit tout un roman, indiqua le prénom de celle qu'aimait mon ami, lui affirma qu'il en était aimé lui-même et finit par lui annoncer son prochain mariage.

Vous croyez peut-être qu'elle fut étonnée quand mon ami lui révéla la provenance de la chevelure apocryphe?

Allons donc. Ce fut par l'indignation qu'elle répondit à cette révélation, et, belle de colère, sortit de la chambre en protestant au nom de la

1.

sorcellerie outragée. — Prix : 10 francs. C'est pour rien.

Quant à la sorcière-médecin, celle-là a les coudées franches et peut se tromper en toute sécurité. La maladie lui livre, pieds et poings liés, les infortunés qui s'approchent de son trépied. Le tour consiste pour elle à inventer des remèdes qui n'aient paru dans aucun Codex. Ces remèdes sont ordinairement des carottes en tisane, des cataplasmes de salsifis, des bains de pieds à l'eau de haricots verts, des pincées de poudre de crayon, des compresses de radis noir et autres divagations légumineuses.

Vous riez ? Vous avez tort. Rien n'est plus triste, en effet, que de voir à quel degré de crédulité la souffrance peut amener les intelligences les plus énergiques ; rien n'est plus triste que la spéculation établissant son comptoir sur les bords d'une tombe.

Dans ce comptoir, les célébrités de la sorcellerie magnétique empilent, bon an mal an, quinze, vingt, voire même trente mille francs.

Pour la somnambule négresse qu'on nous annonce, la recette ira peut-être jusqu'à 50,000 fr. C'est justice, elle nous fera voir une couleur de plus que les autres.

..

D'ailleurs, toutes les fois qu'on me parle de prodiges, je me rappelle certaine aventure qui est restée gravée dans mes souvenirs, et vous allez voir qu'il y avait de quoi.

Un jour, un ami vient me trouver, tout effaré et tout empressé.

— Mon cher...

— Qu'y a-t-il ?

— Quelque chose de miraculeux.

— Ah bah !

— Ne ris pas. Lorsque tu auras vu par tes yeux, tu seras bien forcé de croire comme les autres.

— Je ne demande pas mieux, mais auparavant...

— Ecoute-moi bien.

— Je ne perds pas un seul mot de ta conversation.

— Mon cher ami, tu as peut-être entendu prononcer le nom d'un phrénologue célèbre qui est en ce moment de passage à Paris ?

— En effet...

— Eh bien! j'ai assisté à une de ses séances. C'est renversant.

— Je consens à être renversé.

— A la bonne heure ; suis-moi !

— Où?

— Chez le phrénologue.

— Soit.

— Il y a aujourd'hui une consultation solennelle à huit heures. Tu verras... tu verras...

— Partons !

Nous partîmes.

Une demi-heure après, nous pénétrions chez l'apôtre de la science nouvelle. Une huitaine de personnes étaient déjà réunies et chuchotaient avec recueillement en attendant le commencement de la représentation, — s'il est permis d'employer ce mot quelque peu ironique.

Soudain le phrénologue parut. Prestance imposante, langage fleuri, tout ce qu'il fallait pour se concilier son public.

La séance commença par l'inspection du crâne de deux assistants. La démonstration fut irréprochable, les déductions et les indications se succédaient avec une précision mathématique.

On était pénétré.

Ce que voyant, notre homme, pour frapper un grand coup, s'en fut prendre une tête de plâtre sur une des planches où l'on en apercevait plusieurs rangées en bataille.

—Messieurs, dit-il en désignant la pièce de conviction, afin de bien vous prouver que la science que je professe repose sur des bases sérieuses et solides, je vais avoir l'honneur de vous montrer le crâne du célèbre Dupuytren.

Regardez.

Cette bosse est celle de l'observation, ce creux

dénote qu'il était fait pour les investigations scientifiques; ces...

Le phrénologue parla ainsi pendant deux ou trois minutes, quand tout à coup, tressaillant et se troublant au point de laisser échapper un aveu arraché à la surprise :

— Mon Dieu, messieurs, je vous demande pardon... Je me suis trompé de case. Ce crâne est celui de Dumolard !...

Je n'en ai pas demandé davantage.

. .

L'autre jour, a eu lieu le tirage des numéros gagnants de la loterie... Que diable dis-je là ? le tirage des obligations de je ne sais plus quelle affaire. La description de ce tableau pittoresque mériterait mieux que quelques lignes. Egalité devant l'amour des écus. Ils étaient là des milliers; il y avait de tout dans ce public barriolé, tumultueux, frémissant. Des millionnaires et des bonnes d'enfants, des zouaves et des avocats, des blouses et des paletots à la suprême mode ; des bonnets et des chapeaux : ni hommes, ni femmes, tous spéculateurs. Rien de plus curieux à observer que les physionomies. Rien de plus édifiant à recueillir que les conversations échangées. C'est dans ces moments de violentes émotions que se manifeste en toute expansion le naturel de chacun. Et quelle diversité de châteaux en Espagne ! Quelles bizarreries d'architecture dans la construction de ces palais chimériques !

Ce soldat, — on le lit dans ses yeux, — rêve déjà un remplaçant, le retour au pays, la chaumière paternelle métamorphosée en villa, la fille du plus gros fermier de l'endroit épousée ; il se voit coulant des jours heureux et ayant beaucoup d'enfants !

Ce gandin rêve des paradis tarifés dont les anges singulièrement déchus sont le meilleur placement à fonds perdus qu'on connaisse, et déjà s'entrebâillent à ses yeux les fenêtres des boudoirs aux camélias par lesquelles il compte jeter ses écus.

Ce gros homme pansu savoure déjà la quantité

de volailles truffées et de perdreaux que lui permettra de s'offrir, cet hiver, un amour de lot dans les cent mille francs.

- Ce paysan, semblable au berger qui disait que s'il était roi il garderait son troupeau à cheval, ce paysan venu de la banlieue, avec son bâton noueux à la main, calcule combien de pichets de cidre et de pantalons de velours il pourrait acheter avec un des numéros gagnants.

Cette femme aux vêtements de deuil, à la figure mélancolique, songe à ce qu'il y aurait d'avenir souriant, dans cette faveur de chance, pour les chers petits enfants de son veuvage.

Le philanthrope songe à ce qu'il pourra fonder d'institutions charitables, — et ainsi des autres, tout étant représenté dans ce capharnaüm, depuis le plus mauvais des instincts jusqu'à la plus riche des aspirations. Mais soudain, un mouvement s'étant produit, tout le monde fait silence, et le tirage commence... Vous savez le reste.

Il a été beaucoup question de M. Leverrier depuis quelque temps, beaucoup question aussi de l'Observatoire dont la translation à Fontenay est à l'ordre du jour. C'est peut-être le moment de jeter un coup d'œil sur l'édifice qui semble destiné à être prochainement jeté à bas.

Il faut bien croire que la pureté des lignes et l'agrément de l'aspect se concilient mal avec le but utilitaire des établissements de ce genre, car la plupart de tous ceux que j'ai vus sont tout simplement affreux. A Bruxelles, l'Observatoire a un faux air de manufacture ou de caserne ; à Paris, il ressemble à une prison. On dirait le Mazas de la Science.

Ces grandes murailles, nues comme un discours d'Académie, ont des aspects de château-fort ; les deux coupoles, avec leurs calottes étouffantes, paraissent recouvrir quelque cachot silencieux, et l'on se figurerait volontiers un nouveau

Masque-de-Fer gémissant dans ce bâtiment sinistre.

Quand on pénètre cependant, l'Observatoire
perd de son prestige effrayant, la prison se fait
bourgeoise. La cour, dans laquelle l'herbe pousse
entre les pavés, a de la bonhomie, si l'on peut
ainsi s'exprimer. Bien plus, l'antre récèle des
salons fort confortables dans lesquels on peut
donner des soirées *à giorno*.

Ce ne sont pas, bien entendu, ces salons-là que
le public, avec des permissions assez difficiles à
obtenir, est admis à visiter de temps à autre ; ce
sont les salles d'observation, avec leurs instru-
ments qui semblent être les canons rayés de l'in-
telligence braqués sur le ciel pour en mettre les
mystères en déroute. Il y a là des chefs-d'œuvre
qui font honneur à nos opticiens, quoique cependant nous ne possédions rien qui puisse rivaliser
avec le célèbre télescope de lord Ross dans lequel
un homme peut se tenir debout.

La nuit, suivant l'importance de l'observation
prévue, des astronomes titulaires ou des aides

astronomes veillent en permanence, se relevant comme des sentinelles.

Et parfois, en passant à une heure fort avancée sous les arbres qui avoisinent l'Observatoire, en regardant la tour en haut de laquelle je savais qu'un homme veillait silencieux, je me suis demandé quelles singulières impressions celui-là devait ressentir dans ce tête-à-tête. Quels contrastes! Là-haut, l'immensité étoilée; en bas, la grande ville se livrant à ses tohu-bohu carnavalesques.

> Sans même que le bruit que tous ces hommes font
> Trouble par un écho ce silence profond.

Je recommande le sujet à un poëte. *Les Nuits de l'Observatoire* pourraient devenir le titre d'un volume de méditations.

L'Observatoire, qui a déjà une histoire assez ancienne puisqu'il a été fondé par Cassini, en 1764, a été souvent honoré d'augustes visites.

Vous connaissez l'histoire de cette princesse du temps de Louis XIV, que Cassini, précisément, qui venait d'achever son installation, avait invitée à venir jouir du spectacle d'une éclipse. La princesse arrive en retard, on lui dit que tout est fini ; elle s'indigne d'abord, puis intime à Cassini l'ordre de recommencer.

Cette naïveté a laissé des héritiers, et ceux qui assistent aux visites publiques de l'Observatoire pourraient faire un joli recueil de calinotades. Notre ami Jules Moineaux a recueilli là sa fameuse exclamation du paysan à qui on explique que les lunettes d'approche grossissaient par la combinaison des lentilles.

— C'est donc ça ! exclame notre homme, que quand j'en mange, ça me grossit aussi !...

En déménageant (s'il déménage) l'Observatoire ne perdra pas pour cela sa clientèle de badauds. Là-haut, sur le plateau de Fontenay-aux-Roses, où il remplacera le vieux télégraphe à bras, il deviendra un but de promenade pour les Parisiens en villégiature.

La naïveté n'est pas bannie encore de la sur-
face du globe. Je n'en veux pour preuve que l'annonce que publiait, l'autre jour, un journal qui
n'a pas eu l'air de se rendre compte de sa mala-
dresse.

Le journal s'exprimait ainsi :

« On annonce pour la semaine prochaine la
représentation de retraite de M. X... (ici le nom
d'un artiste). Ce sera véritablement un jour de
fête pour le public. »

Je parierais que celui qui a rédigé la chose a
cru dire une charmante gracieuseté.

On jugeait un gaillard prévenu d'un délit
qui se raréfie depuis que le ruolz a mis un frein
à la fureur des filous...

Il était accusé de vols multiples dans les restaurants.

Et le président de procéder à l'interrogatoire.

— Vous savez quelles charges pèsent sur vous?

— Je le sais.

— Un voleur aussi déterminé que vous n'a pas dû s'en tenir là, et, sans doute, vous avez commis des détournements dans d'autres boutiques...

— Jamais, monsieur! jamais!... Les restaurants étaient ma spécialité.

Le Président, avec un sourire. — J'entends; vous êtes un homme rangé, et vous ne preniez jamais rien entre vos repas.

(*Hilarité générale.*)

II

II

Parmi les plus âpres tristesses de l'heure présente, figurent au premier rang les incessants
progrès que fait la plus terrible des maladies qui
affligent l'humanité. Nous avons nommé la folie.

Une enquête officielle est ouverte sur ce sujet d'une saisissante actualité, et déjà plusieurs
ouvrages récemment publiés ont étudié la question sous ses aspects divers. L'agiotage, l'absinthe, les commotions politiques, le spiritisme,
l'ambition effrénée sont les principales causes
qui ont contribu à multiplier d'une façon inquié-

2

tante les cas d'aliénation mentale. L'ambition effrénée surtout.

Dans une maison d'aliénés, sur cent dix pensionnaires, j'en ai compté soixante-deux dont la monomanie consistait à se faire passer pour des rois, des empereurs, des princes. Cinq, portant plus haut leurs visées, s'imaginaient être le soleil. Quatre se contentaient du rôle un peu plus effacé de la lune.

L'un des fous, — celui-là inspirait de bien terribles réflexions, — avait perdu la raison dans des circonstances horriblement dramatiques.

Condamné à mort pour un assassinat dont la jalousie avait été le mobile, il avait vu rejeter son pourvoi. L'heure de son exécution avait été fixée. Déjà on procédait aux apprêts de la funèbre toilette, lorsqu'une dépêche lui apporta la nouvelle d'une commutation de peine.

Mais la secousse fut trop violente pour ce malheureux cerveau. L'infortuné promena autour de lui des yeux hagards, se mit à pleurer, puis à rire. C'en était fait de sa raison. Depuis lors, — il

y a déjà longtemps de cela ! — il a vécu enfermé
dans la cellule où je l'ai vu. Par un renverse-
ment d'idées étranges, il s'imagine être lui-même
le souverain investi du droit de faire grâce, et
passe ses journées à griffonner sur des feuilles
de papier blanc.

Quand un feuillet est rempli, il le brandit
d'une main impatiente, en criant d'une voix trem-
blante d'émotion:

— Courez ! courez vite ! je ne veux pas qu'il
emure. Mais courez donc !... Il sera peut-être
trop tard... J'ai aboli la peine de mort !

Dans la même visite, on me montra un pensionnaire vêtu avec élégance ; ses cheveux gris
étaient soigneusement pommadés ; sa politesse
était exquise, sa conversation attrayante.

Seulement...

Seulement la Révolution de 48 lui avait tourné
la tête. A moitié ruiné par les événements, il
avait pris la République, à laquelle il attribuait
cette ruine, en horreur, et cela au point de devenir fou complétement.

D'une lucidité parfaite sur tous les autres sujets, il devenait furieux et entrait dans des accès redoutables quand on prononçait devant lui un mot se terminant par la désinence *cain*...

— *Cain! Caine!* s'écriait-il en roulant des yeux hagards. Républicain ! républicaine !.., Vous voulez encore me dépouiller... A moi ! au secours !...

Et il se mettait à frapper à tort et à travers.

Une fois même, — à ce que me raconta l'un des surveillants, — cette bizarre monomanie donna lieu à une scène qui prouve que le grotesque côtoie toujours le lugubre. Comme le vieillard est, en somme, un pensionnaire inoffensif, on le laisse circuler seul dans l'établissement. Un jour qu'il se promenait dans le jardin, il s'y rencontre avec un autre aliéné arrivé de la veille.

La conversation s'engage sur le ton le plus aimable. L'ancien fait les honneurs de céans à son nouveau. Tout va pour le mieux. Mais celui-ci, par malheur , prononce une phrase dans laquelle

se trouve un mot terminé par la fatale conson-
nance *cain.*

— Républicain! républicaine! exclama notre
homme exaspéré... Ah! tu en es un aussi, toi!

Aussitôt il fond sur son compagnon. Celui-ci
s'anime. Une lutte s'engage et on a toutes les
peines du monde à les séparer, car ils ont roulé à
terre en se prodiguant les horions.

C'est bien cela! Le grotesque dans le lugubre!

.   .
.   .

Quiconque a visité l'hospice des fous de Bicêtre y a vu un autre type. Le *Lapin-Blanc,*
c'était le surnom qu'on avait donné au plus
ancien pensionnaire de la maison. Le *Lapin-
Blanc* était un albinos affligé en même temps
d'idiotisme. De petite taille, le teint singulièrement rose pour un vieillard, les cheveux, la
barbe, les cils argentés, il sortait chaque matin
de sa cellule pour venir s'asseoir sur la même

2.

pierre, où il restait la tête dans les mains jusqu'au coucher du soleil.

Le *Lapin-Blanc* était entré à Bicêtre en 1796; il avait alors neuf ans. Il a passé dans cet hôpital de toutes les douleurs une énorme période de 72 *ans !*

Songez un peu aux événements qui ont agité la France pendant le même espace. C'est la Révolution qui secoue le vieux monde sur ses fondements ; c'est l'Empire qui promène le drapeau tricolore aux quatre coins de l'Europe; c'est l'invasion qui met la patrie en deuil ; puis la Restauration, puis 1830, puis 1848...

Et tandis que toutes ces passions fermentent, que toutes ces ardeurs s'entrechoquent, le malheureux pensionnaire de Bicêtre restait accroupi sur sa borne dans son immobilité abrutie. C'est horrible à penser.

Lorsque les visiteurs s'approchaient de lui, le *Lapin-Blanc* soulevait ses paupières rougeâtres, puis d'une voix chevrotante murmurait :

— Du tabac!

Ce sont les seules paroles qu'on lui ait entendu prononcer en 72 ans.

Une seule fois, pourtant, il parut sortir tout à coup de sa torpeur hébétée : c'est à l'époque de l'insurrection de juin. La bataille était vive de ce côté, et la barrière Fontainebleau, témoin de l'assassinat du maréchal Bréa, fut un des points sur lesquels la lutte se prolongea le plus longtemps. Il y eut même à Gentilly et tout près de Bicêtre des escarmouches sanglantes.

Quand les premiers coups de fusil et les premiers coups de canon éclatèrent, le *Lapin-Blanc* tressaillit et se leva tout de bout. Pendant tout le temps qu'on entendit l'écho de la mêlée, il se promena avec agitation dans la cour, remuant les bras, s'arrètant, reprenant sa course.

Comprenait-il ?

Il y eut plus. Quelques blessés ayant été apportés dans la cour de Bicêtre, il s'approcha et l'on vit une larme tomber de ses yeux. Tout cela sans qu'il eût prononcé une seule parole.

Le lendemain, il était accroupi comme si de rien n'était sur sa pierre, et avait recommencé à grogner avec une intonation bestiale :

— Du tabac! du tabac!

Le *Lapin-Blanc* est l'exemple de la plus longue longévité à laquelle soit jamais parvenu un fou. Le ciel en soit loué pour les autres!

.·.

Je ne sais plus au juste dans quel journal je lisais, l'autre jour, un détail statistique fort édifiant. De ce calcul, parfaitement authentique, il résultait que le célèbre clos connu sous le nom de Romanée-Conti ne produit par an que onze pièces de vin. Onze! Et, cependant, dans toutes les contrées du monde, ce vin précieux se débite par douzaines, par centaines de bouteilles. Et pourtant, entrez dans n'importe quel restaurant et demandez au garçon :

— Avez-vous du Romanée-Conti?

— Oui, monsieur, répondra-t-il imperturbablement.

— Du vrai?

— Oui, monsieur.

Hélas! n'en est-il pas de même de toutes les choses rares et précieuses de ce monde! Combien de ménages heureux sur mille? Ce qui n'empêche pas chaque père de famille de jurer à son futur gendre que sa fille est bien du Romanée-Conti pur de tout mélange. Combien de chefs-d'œuvre publie annuellement la librairie? A coup sûr, leur chiffre est au-dessous de celui que je citais tout à l'heure. N'importe. Prenez mon Romanée-Conti! s'écrient les annonces de tous les éditeurs. De même encore pour la chronique quotidienne. Le Romanée-Conti de la chose, c'est une nouvelle véritablement inédite et véritablement véritable; c'est un mot qui n'a jamais servi, c'est une aventure piquante qui n'a pas encore été racontée. De ces bonnes fortunes-là, on en rencontre au bout de sa plume une par-ci par-là. Le reste du temps, il faut bien se contenter de l'ordinaire, quitte à le parer de belles étiquettes et de cachets propres à amorcer le consommateur.

Voulez-vous des excentricités ? Il est question de l'ouverture prochaine sur les boulevards d'un grand restaurant d'espèce nouvelle. Il s'agit d'une loterie gastronomique. Rien de plus simple, d'ailleurs, que l'organisation de cette tombola quotidienne ; chaque plat consommé donnera droit à un numéro ; chaque numéro participera, le soir, à un tirage dont le gagnant recevra une prime des plus rondelettes. Voyez-vous d'ici les conséquences plaisantes de l'innovation ? Quelle puissante ressource pour les garçons faisant l'article au client !

— Et après ce homard, monsieur prendra ?...

— Rien, merci.

— Monsieur a tort de ne pas demander un filet Châteaubriand ; je suis convaincu que le filet que j'offre à monsieur sera le filet gagnant.

— C'est que je n'en puis plus, non !

— Bah ! une mauvaise digestion est bientôt passée, et avoir un gros lot.....

— Va pour le Châteaubriand.

— Enlevez, boum !....

Tous les mets sont ainsi présentés au dîneur, comme spécialement favorisés par la chance.

— Monsieur, cette semaine, les macaronis au gratin ont la veine... Monsieur, les perdrix aux choux sont déjà sorties trois fois... Monsieur, je vous conseille de jouer la série des soles frites, c'est un coup à peu près sûr...; et cætera.

Pour l'originalité du fait et dans l'intérêt des gourmands, qui auront là un excellent prétexte palliatif de leur péché mignon, je souhaite au restaurant-loterie de se pouvoir constituer le plus tôt possible et de vivre jusqu'à l'âge le plus avancé.

L'histoire des coquilles est féconde; mais elle fournit peu d'exemples plus amusants que le suivant ; car il est, si l'on peut ainsi parler, à double détente.

Dans une revue dirigée par le docteur Z... écrivait un des plus célèbres amphigouristes qu'ait jamais produits le pathos. X... avait dans ce genre une réputation sans rivale, à tel point que les compositeurs, qui ne comprenaient jamais sa copie, commettaient souvent des interversions étranges.

Un jour, X... arrive furieux; on avait mis une de ses phrases sens dessus dessous.

— C'est une indignité.

— Qu'y a-t-il?

— On me mutile, on me déforme.

— Du calme; l'erreur sera réparée.

Mais le lendemain (était-ce malice, était-ce erreur nouvelle?) on lisait entre deux filets, à la

place la plus apparente du journal, ces mots terribles:

« Une faute d'impression ayant rendu hier *in-
telligible* un passage de l'article de notre colla-
borateur X..., nous nous hâtons de le rétablir
tel qu'il était. »

.˙.

Elle continue plus ardente que jamais, la
grande querelle qui a pour théâtre l'Institut et
pour objet les fameuses lettres de Pascal, décou-
vertes par M. Chasles, qu'on a tort, par paren-
thèse, de confondre avec M. Philarète Chasles,
dont il est l'homonyme et le cousin.

Les arguments s'échangent de plus en plus vivement, les têtes s'échauffent, et vous verrez, si
cela continue, qu'on finira par se lancer à la tête
les apostrophes les plus désagréables; car si la
race des poëtes est irritable, celle des savants ne
l'est pas moins.

Nous n'avons pas la prétention de résoudre un

3

aussi grave débat, quoique les fragments que nous avons lus nous semblent singulièrement apocryphes. Mais nous croyons pouvoir saisir cette occasion pour mettre les amateurs en garde contre les rubriques du commerce en général. Règle absolue et sans exception : à mesure que la consommation augmente, la production s'arrange pour augmenter. Sur le champ de bataille de Waterloo, on vend des boutons d'uniforme de grenadiers de la garde depuis 1815; derrière les Invalides, on vend depuis 1840 des bibelots fabriqués avec des débris du monolithe dans lequel a été creusé le tombeau de Napoléon Ier. Dans quarante ans comme aujourd'hui, ces négoces floriront. Inutile d'ajouter que les grenadiers n'ont jamais porté les boutons en question, et que le monolithe impérial est complétement étranger au négoce qui s'abrite derrière son nom.

De même pour les autographes.

Jadis, ce goût était limité à un nombre fort restreint de connaisseurs; puis peu à peu la mode vint; il fallait faire face aux demandes. On fit face. Il y a eu, il y a encore de véritables usines autographiques dans lesquelles on fabrique, suivant les besoins du moment, des lettres du connétable de Bourbon ou de Descartes, de la Champmeslé ou de Washington.

On a des procédés chimiques pour imiter le grain du papier, pour noircir à souhait le parchemin, pour jaunir l'encre; c'est tout un art. Dieu sait ce qu'il en court ainsi par le monde, de ces falsifications ingénieuses! Il faut avoir hanté quelque temps les enchères spéciales pour en avoir une faible idée.

La salle Sylvestre de la rue des Bons-Enfants est la grande et petite Bourse vouée à cet agiotage d'espèce particulière. Elle a ses mystères comme l'Hôtel des ventes; elle a aussi ses comiques. C'est là que vous trouverez, groupés autour de quelque pièce rare, les derniers représentants des grosses lunettes d'argent et des perruques de chiendent. Le cousin Pons, ce type immortel de Balzac, est encore à la salle Sylvestre une réalité. Ce n'est pas lui, le gaillard, qui se laissera jamais tromper par les sophistications, mais les autres !

A côté des autographes fabriqués, les autographes extorqués.

Vous connaissez l'histoire amusante des deux marchands de balais.

Une fois, sur la place du marché de Chartres, arrive un marchand de balais. Il étale sa marchandise, de fort belle apparence, et se met à la crier au prix invraisemblable de trois sous la pièce. Mais quelques instants après survient un second marchand. Il étale à son tour. Ses balais sont pour le moins aussi beaux que ceux du voisin, et voilà que (concurrence inexplicable !) il se met à les crier à deux sous.

Comme de raison, l'appât du bon marché fait son effet, et en un clin d'œil il a débité tout son lot.

Ce que voyant, le premier marchand s'approche.

— Dis donc, camarade ?

— Plaît-il?

— Est-ce que tu ne pourrais pas me donner un renseignement?

— Lequel?

— Comment peux-tu t'y prendre pour vendre tes balais deux sous? Moi qui vends les miens trois sous, je vole la bruyère pour les fabriquer, les liens pour les attacher et le manche pour les emmancher.

— C'est bien simple, répondit le second marchand, moi, je vole les miens tous faits.

Cette anecdote sépare en deux classes bien distinctes les vendeurs d'autographes, exception faite, bien entendu, de ceux qui se livrent honorablement à un commerce sérieux. — Et il y en a.

D'un côté, je vous ai montré ceux qui fabriquent avec des denrées d'emprunt; de l'autre, il y a ceux qui volent les autographes tous faits. Je m'entends, ils ne sont pas assez sots pour les enlever, avec ou sans effraction, à l'étalage des marchands. On sait procéder plus adroitement que cela.

Ils sont toute une bande d'autographistes à la tire qui extorquent aux célébrités naïves les pages qu'ils revendront ensuite à prix d'or, d'argent ou de cuivre. Les moyens varient à l'infini, d'ailleurs.

Tantôt, c'est un pauvre jeune homme qui, réduit au désespoir, et à la veille de se suicider, écrit au poëte A... que la lecture de ses beaux vers a seule arrêté le doigt qui allait presser la détente du pistolet.

Bien entendu, le poëte A... caressé dans les œuvres vives de son amour-propre, ne peut se dispenser de répondre, et adresse au bon jeune homme des consolations pleines de style, qui seront cotées, deux mois après, dans les 10 fr. 25.

Une autre fois, on emprunte un nom féminin pour se jeter aux pieds d'un prédicateur en vogue et lui demander, par correspondance, des conseils afin d'avoir la force de ne pas tromper un mari indigne.

Et ceci et cela, et mille autres trucs plus ou moins ingénieux.

Notez que les plus forts se laissent attraper à ces piéges grossiers. Lamennais et Proudhon en furent victimes eux-mêmes. Depuis lors, cette industrie n'en a pas moins continué à prospérer, malgré les avertissements réitérés des journaux C'est immortel comme le vol à l'américaine.

Dans ces derniers temps, un *truqueur* (c'est le mot propre) a imaginé, pour rajeunir les anciens systèmes, une innovation qui ne manque pas de charme. Notre homme prend dans l'almanach Bottin l'adresse des illustrations de *primo-cartello* sur lesquelles il entend opérer. Cela fait, il écrit :

« Monsieur et illustre Maître,

» Chargé par la ville de Paris d'une expertise en vue de futures expropriations, et ne voulant pas abuser de vos moments que je sais précieux, je vous serais infiniment reconnaissant de vouloir bien m'indiquer par un mot l'heure à laquelle je pourrai avoir l'honneur de me présenter chez vous.

» Veuillez agréer, Monsieur... etc. »

Le moyen de ne pas répondre à une demande aussi poliment formulée? Aussi notre homme a-t-il vu prospérer ses affaires à souhait.

Le plus drôle, c'est que dernièrement, dans un salon, plusieurs notabilités se trouvaient réunies.

— Il paraît, dit l'un, qu'on va exproprier ma maison du Marais.

— Tiens, fit un autre, j'habite à Passy et on va aussi exproprier la mienne.

— La mienne aussi dans le faubourg Saint-Germain, acquiesça un troisième.

Et ainsi jusqu'à dix.

Si habitué qu'on soit aux démolitions, cette coïncidence était faite pour éveiller l'attention. On se raconta qu'on avait reçu des lettres demandant des rendez-vous...

Bref, on comprit, mais un peu tard, qu'on avait été dupé.

La postérité, qui n'en retrouvera pas moins dans les ventes les autographes de ces messieurs, se dira avec stupeur :

— En abattait-on tout de même de ces maisonsne 1869 !

. .

Il existe à Paris un *Bureau Veritas* chargé de constater le nombre des navires perdus dans le cours de chaque mois. Si ce bureau-là s'occupait d'enregistrer les naufrages financiers, il ne pourrait suffire en ce moment à la besogne. On dépose un bilan avec la plus terrible facilité ; on prend le chemin de fer pour cause de banqueroute avec autant de sans-façon que s'il s'agissait d'une partie de chasse ou d'une excursion de plaisir. Le monde de la Bourse finira, si cela continue, par ressembler à Marius pleurant sur les ruines de Carthage. Les employés d'agent de change fournissent notamment, depuis quelque temps, aux sinistres judiciaires un contingent déplorablement nombreux. La règle générale est encore, Dieu merci, l'honorabilité ; mais l'excep-

3.

tion se multiplie, se multiplie de la plus terri-
fiante façon.

Ainsi le veut la logique des tentations mo-
dernes. La vie actuelle, a vec ses luxes sanscesse
croissants, créc des besoins impitoyables. Placé
au centre même du tourbillon, le commis d'agent
de change est entraîné peu à peu ; il voit autour
de lui des fortunes se bâcler en un tour de roue,
et il se demande pourquoi la roue ne tournerait
pas un peu pour lui. Des *différences* qu'il enre-
gistre, il ne remarque que le côté *profits,* et se
met à spéculer pour son compte. L'engrenage
prend d'abord le bout du doigt, puis le corps tout
entier. Un de plus !

Toutes ces catastrophes amoncelées auraient
fini, dit-on, par préoccuper vivement l'attention
du gouvernement, qui étudierait un projet de loi
destiné à réglementer sévèrement les opérations
de Bourse. Jusqu'à présent la législation, vous le
savez, a refusé de es reconnaître. Baissant mo-
destement les yeux, les fermant même, elle a
prétend u sq'ilu erait contraire à sa dignité de

s'immiscer dans ces jeux de l'intrigue et du hasard. Ces pudibonderies ont fait leur temps. Je
comprendrais qu'on fermât la Bourse à la spéculation, mais puisqu'on lui a élevé un monument
à portique grec, puisque tous les jours, sous les
yeux des gardes municipaux officiels, on tripote
ouvertement, pourquoi feindre d'ignorer l'existence de cette maladie sociale ?

Quand le choléra éclate quelque part, il est
d'une sage autorité de constater son apparition
et de prendre publiquement les mesures propres
à en circonscrire ou à en atténuer les ravages.
De même pour l'agiotage-morbus.

Le jour où une réglementation légale présidera
aux jeux de Bourse, la fraude et le vol feront
évidemment des victimes moins nombreuses. On
ne supprimera pas l'abîme, mais on l'entourera au
moins d'un garde-fou par-dessus lequel on ne
pourra enjamber sans s'exposer à être bien et
dûment empoigné. C'est précisément ce garde-
fou à l'édification duquel le Corps législatif serait
invité à collaborer. Tout le monde est d'accord

pour reconnaître qu'il y a quelque chose à faire ;
qu'on le fasse donc le plus vite possible.

*
* *

Les grands salons parisiens connaissent tous
certaine demoiselle que sa mère exhibe depuis
déjà deux ans dans le but de la marier. La demoiselle est sans dot, mais la maman ne cesse d'é-
numérer à tout venant la liste des parents riches
sur le décès desquels son futur gendre pourra
spéculer. Aussi a-t-on décerné à ce couple féminin un surnom pittoresque. On n'appelle plus
ces dames que le *Comptoir d'escompte*.

III

III

.·.

Les gastronomes assurent (peut-être n'est-ce qu'un bruit que les restaurateurs ont fait courir pour grossir leurs cartes), les gastronomes assurent que le bordeaux retour de l'Inde a des saveurs particulières. Il ne me semble pas qu'il en soit tout à fait de même du Parisien.

J'en ai encore fait personnellement l'expérience aux courses de cette année. C'était le premier rendez-vous auquel on se retrouvait depuis

la dispersion décrétée par l'été. Que de choses
dans un sonnet! Que de changements dans un
semestre! Et de changements fort peu gais pour
la plupart. Si un sténographe eût été là, crayon en
main, et qu'il eût recueilli de droite et de gauche
les conversations d'alentour, les dialogues ainsi
récoltés auraient composé une des plus curieuses
scènes de mœurs parisiennes qui se puisse imaginer.

Je me rappelle notamment une petite dame,
tout de bleu vêtue, qui paraissait être une véritable gazette vivante. Connaissant tout le monde
ne ménageant personne, elle frappait d'estoc et
de taille sur tous ceux qui passaient devant les
tribunes. Son œil aiguisé allait même chercher
jusque sur les gradins de nouvelles victimes à im-
moler.

Pour être juste, je dois constater qu'un monsieur à pince-nez lui donnait la réplique avec une
perfidie qui ne laissait rien à désirer.

Et tous deux commentant, déchiquetant, mor-
dillant, poursuivirent ainsi pendant plus de deux

heures ce duo d'inspection, dont j'ai noté quelques mélodies dans ma mémoire :

— Ah ! mon Dieu (c'était la dame en bleu qui prenait la parole), je ne me trompe pas, c'est bien cette pauvre comtesse de B.., elle a mis les rides doubles depuis que nous l'avons vue.

— Dame, elle approche de la cinquantaine.

— Voyez donc à côté d'elle la baronne de C..., elles ont l'air à elles deux de faire une course à la décrépitude.

— Et toutes les deux ont la corde.

— Savez-vous quel est ce monsieur en pantalon jaune ?

— Vous ne le reconnaissez pas? un de vos danseurs assidus de l'hiver dernier.

— Lui !

— Un conducteur de cotillon qui n'avait pas son égal. Malheureusement il ne conduisait pas aussi bien sa tenue de livres. Comme il n'avait pas un centime de fortune, et qu'il ne se privait pas de dîner pour acheter des gants, il en est résulté qu'un matin d'avril, la saisie a frappé à sa porte.

— L'histoire est trop longue, je vous tiens quitte du reste.

— Au contraire, il n'y a que le reste qui soit intéressant. Il a rencontré à Hombourg une prétendue Hongroise qui paraît avoir fait fortune par des moyens que le Code ne sanctionne pas. La dame cherchait un endosseur pour ses millions mal acquis, notre homme y a mis sa signature, et c'est, pour le moment, le ménage le plus uni par les liens du mépris réciproque qu'on puisse imaginer.

— Tiens, le petit prince Z...

— Le pauvre garçon, il s'est laissé prendre au panneau par une Diane demi-mondaine, qui lui a déjà mangé un demi-million depuis le printemps; mais tout à ses illusions, le petit prince Z... ne s'aperçoit pas qu'on le berne.

— Combien de temps croyez-vous que cette églogue sentimentale puisse durer encore?

— Dame, à peu près cinq cent mille francs.

— C'est-à-dire trois mois ?

— Environ.

— Oh ! oh ! quelle déchéance ! En croirai-je mes yeux ? c'est la femme du banquier belge qui faisait jadis sensation ; mais elle est mise comme la débâcle en personne.

— Que voulez-vous ! les actionnaires ont demandé des comptes ; ces satanés bruits de guerre rendent tout le monde défiant !

— Toujours sportsman, le duc de V.... ?

— Toujours. Il a perdu aux courses de Bade deux ancêtres et demi, mais n'importe.

— Il lui en reste encore ?

— Un oncle, ni plus ni moins.

— Il doit être mangé aux trois quarts. Anthropophagie de famille.

— Ma parole, il a encore enlaidi.

— Eh bien ! ce n'est rien à côté de la monstruosité de son héritier présomptif.

— Ah ! il est donc devenu père ?

— Oui, et l'on raconte à ce propos une légende qu'un poëte rimera quelque jour. En deux mots la voici : Dieu ayant créé, il se dit j'ai fait l'idéal de la laideur, je puis me reposer maintenant. Mais Dieu avait oublié que H... aurait un fils.

— Pas mal..... La troisième course est-elle commencée ?

— Oui, à preuve que voilà R..., un de nos parieurs émérite, qui monte sur sa chaise, il a l'air radieux.

— Alors il doit avoir dupé un ami.

— Pas possible... Mais si... C'est bien le fameux chevalier.

— Quel chevalier?

— L'habitué des Italiens.

— Eh oui !

— Chose bizarre, le bouton de sa boutonnière a changé de couleur cet été : il était vert, le voilà jaune.

— Cè que c'est que les soieries mauvais teint...

A la fin de la dernière course, mes deux causeurs, tout en regagnant leur voiture, ajoutaient encore des *postmorsum* à leur conversation.

Je ne saurais adresser aucune félicitation à mes concitoyens relativement à la prédilection qu'ils semblent témoigner, depuis quelque temps pour les exhibitions enfantines de tout genre.

A propos de la *Famille Benoiton*, la critique a dit ce qu'elle pensait du rôle dévolu au jeune Fanfan, cet avenir de notre présent. Dans un autre ordre d'idées, n'y aurait-il pas lieu de mettre un terme aux spectacles qui nous sont offerts par les théâtres d'acrobates? Consultez le programme de ces établissements et vous y verrez chaque jour un ou plusieurs exercices exécutés par de malheureux petits bambins. D'un côté, on disloque le moral de l'enfant; de l'autre, on disloque son physique.

C'est trop des deux.

L'autre soir encore, un nouveau cirque inaugurait son règne. Quand je dis nouveau, ne prenez pas la chose au pied de la lettre ; car en pareil cas, ilconvient d'appliquer la légende de Gavarni : « Tant plus ça change, tant plus c'est la même chose. » Mais, la question n'est pas là. Les tours qui furent le plus chaudement applaudis par un public enthousiaste avaient pour héros quatre gamins dont le plus jeune ne doit pas compter plus de cinq à six ans. Cela sous la direction de leur père.

Quel arriéré tu ferais, au milieu de ces culbutes, mon bon Juvénal, et comme tu serais embarrassé pour placer ton célèbre vers :

Maxima debetur puero reverentia...

Tu n'avais jamais réfléchi, j'en suis sûr, à cette façon particulière d'envisager la famille ! L'amour filial et l'amour paternel au point de vue de la pyramide humaine ! Entendez-vous d'ici ces dialogues intimes :

— Oh ! monsieur, c'est un enfant qui me donne bien de la satisfaction... Pas plus haut que ça, il faisait déjà le grand écart comme un petit chérubin... Il faut dire, du reste, que je n'ai rien

négligé pour son éducation. A trois ans, presque
au sortir de nourrice, je lui avais appris à se
tordre les os et à se passer le pied derrière la
tête...

C'est horrible, c'est monstrueux, c'est révoltant.

Que l'on se rompe le cou pour le plaisir des
spectateurs, rien de mieux. Quand on a atteint
l'âge de raison, on a le droit de se livrer à toutes
les folies. Mais qu'on rompe le cou des autres,
c'est ce que je ne saurais admettre.

Les philanthropes ont protesté — et ils ont bien
fait — contre les excès de travail imposés aux
enfants dans les manufactures. Pourquoi ne
protestent-ils pas aussi contre les abus affligeants
dont nous parlons?

Le vrai coupable, dans cette occurrence, c'est
le spectateur qui bat des mains et qui crie bis.
Le spectateur est souvent père de famille lui-
même! Souvent, à côté de lui, est assis son
enfant à lui! Et la présence de celui-ci ne lui
demande pas grâce pour ceux-là!

N'aurions-nous donc que les spectacles que nous méritons?

.˙.

Encore, juste ciel!

Cette exclamation m'est arrachée par la nouvelle de l'agrandissement projeté des bâtiments du Mont-de-Piété de Paris. On leur annexa déjà, il y a quelques années, plusieurs mille mètres non loin de la prison de la Roquette et il va falloir augmenter la dose.

Plusieurs mille mètres. Faites un peu le calcul mentalement et songez à ce que ce chiffre représentera d'indigences honteuses, de pauvretés honorables et craintives, de catastrophes soudaines, de ruines imprévues.

Qu'on ne s'y trompe pas. Le Mont-de-Piété n'est pas seulement le refuge des familles d'ouvriers; la blouse y coudoie la robe de soie, la casquette y fraternise avec le chapeau. Le Mont-de-Piété prête aussi bien cent sous sur le matelas d'un grabat que dix mille francs sur la rivière de diamants d'une princesse aux camélias.

Oh! s'ils pouvaient jamais prendre la parole, tous ces objets venus de sources si diverses! Que de confidences et quelles confidences! Quels poëmes de mélancolie! quelles leçons de sagesse! Comme ils portent leur enseignement avec eux, ces débris de la vie parisienne, ces témoins des cruels désespoirs! Mais, au moins, le Mont-de-Piété a un bon côté pour la misère.

Il ne l'humilie pas.

Mieux vaut cent fois pour le pauvre hère aller tendre au guichet fatal les dernières hardes de sa chétive garde-robe que d'affronter les rebuffades auxquelles expose la chasse à la pièce de cent sous. Les employés n'ont pas de sensibilité, c'est vrai; mais en revanche on n'est pas leur obligé.

Ailleurs, on fait de la reconnaissance un fardeau. Ici c'est un simple morceau de papier.

La philosophie est aussi bien dans le mot que dans la chose.

4

Point vous n'ignorez qu'une société constituée en club entreprend d'importer chez nous le sport à deux roues. Je veux parler des courses de vélocipèdes.

Pour ma part, je suis tout disposé à faire des vœux sincères en l'honneur de cette tentative, mais je crains fort qu'elle n'échoue, car elle a contre elle un terrible désavantage : elle ne met en péril la vie de personne. Avec les autres courses, au contraire, on vous tue bon an, mal an, un certain nombre de chevaux et de jockeys ; par dessus le marché même quelquefois, dans les bonnes années, le hasard vient ajouter à la nécrologie deux ou trois gentlemens. Comment voulez-vous que le vélocipède inoffensif soutienne la concurrence ?

Le vélocipède, d'ailleurs, est lui-même une preuve étrange de l'inconstance de nos caprices.

Du temps de Louis-Philippe déjà, alors que, naïf collégien plus ou moins fort en thème, je sortais le dimanche écarquillant les yeux, je voyais passer, soit aux Champs-Elysées, soit dans les rues un bonhomme de quarante-cinq ans environ, coiffé hiver comme été d'un chapeau gris et emporté par un vélocipède qu'il dirigeait avec une rare habileté. Les passants d'alors ne daignaient pas même détourner la tête pour regarder l'original qui chevauchait sur son hippogriphe de fonte.

De 1845 à 1865, pendant vingt ans l'infortuné monomane continua ses exercices sans qu'on se souciât de lui une seule minute. Puis il disparut. Bizarre ironie des destins, c'est le jour où le précurseur succomba à la tâche que l'engouement commença. D'autres vélocipédistes, Américs Vespuces de ce Christophe Colomb, furent plus heureux que lui et les badauds s'arrêtèrent pour les voir passer. Depuis lors vous savez quels progrès a réalisés cette innovation.

Mais malgré moi, au milieu des triomphes de

la vélocipédomanie, je pense à son apôtre anonyme, dont mon ami Charles Yriarte a oublié de
signaler le passage dans son excellent livre des
Célébrités de la rue, livre dont une nouvelle
édition dans le format plus portatif de l'in-18
achève de populariser le légitime succès. Ce
fut un méconnu que ce premier vélocipédiste, un
méconnu comme le patineur de la place de la
Concorde, qui essaya vainement d'acclimater chez
nous le patin à roulette dans l'établissement qu'il
avait ouvert à Chaillot.

Le patin à roulette qui aura peut-être aussi
son jour.

A propos de vélocipède, j'ai fait d'ailleurs une
assez curieuse découverte. Dans un vieux bouquin de basse latinité, j'ai trouvé la description
d'un engin de locomotion qui ressemble singulièrement aux dadas de fer qu'enfourchent la
mode. Il s'agit aussi de deux roues mises en
mouvement par les pieds et pouvant transporter
un homme *sine cujuspiam bestiæ adjumento,* dit
le bouquin dans son jargon peu cicéronien : sans

le secours d'aucune bête (on ne parle pas de l'homme).

D'où il résulterait que du temps de Clovis nos ancêtres ont peut-être vélocipédé. Voilà, pour un antiquaire de bonne volonté, la matière de trois gros volumes in-folio.

.·.

Qui ne connaît X..., le bavard insupportable, l'écrivain de treizième catégorie ?

Avec cela, l'abominable manie de se cramponner bon gré mal gré aux gens, sous prétexte de leur réciter une de ses poésies émaillées de fautes de français !

Impossible de l'esquiver :

— Ah ! c'est vous ! Où allez-vous ?

— Au Panthéon.

— C'est mon chemin.

— Ah ! pardon, je me rappelle qu'il faut auparavant que je fasse une course à Montmartre.

4.

— Comme cela se trouve ! Moi aussi, j'ai une course à faire de ce côté.

Et il vous emboîte le pas, et il vous enlace le bras, et, chemin faisant, il entame ses sonnets qui font gémir les grammaires.

Aussi, justes représailles, on a trouvé pour définir ce sot personnage la plus charmante des formules :

— X..., a dit quelqu'un, c'est un rasoir qui est toujours entre deux cuirs.

.·.

Nous sommes tellement accoutumés aux extravagances du luxe contemporain, que ces extravagances finissent par nous paraître tout à fait naturelles. A force de voir se promener à travers la ville les moires les plus antiques, les taffetas les plus cuits, les popelines les plus lyonnaises, nous avons fini par ne plus nous demander où l'on prenait l'or incessamment versé dans le tonneau des Danaïdes de la mode.

On dirait que les robes de 300 francs sont tombées dans le domaine public, et personne ne songe à faire les calculs, pourtant bien simples, qui démontreraient par *deux et deux font quatre* qu'il n'y a pas que des rentières ici-bas.

Mais de ce que tant de gens veulent la fin, il ne s'ensuit pas que tout le monde ait les moyens ; comment donc s'y prennent celles qui parviennent à faire un civet sans lièvre ?

Je ne parle pas, bien entendu, des déraillées des divers mondes, je ne parle ni des lorettes, pour qui l'habitude de vivre sur le commun est une seconde nature, ni des lionnes pauvres dont le canif, après avoir donné des coups dans le contrat, taille la plume avec laquelle l'amant signera des bons sur son banquier.

Non, mais à côté de ces deux catégories d'élégances non justifiées, il en est une troisième qui, celle-là, est digne d'éveiller l'attention.

On est, je suppose, femme d'un employé intermédiaire, d'un commerçant de moyennes recettes, d'un médecin à clientèle modérée ; le mari gagne de quoi subvenir convenablement aux besoins urgents, et jadis, avant qu'on eût imaginé de balayer les rues à la soie, le ménage aurait vécu heureux à condition de n'avoir pas beaucoup d'enfants.

Mais aujourd'hui...

Je n'entends pas dire que la simplicité, bannie du reste de la terre, ne se soit pas refugiée dans quelques intérieurs modèles ; seulement, on m'accordera bien que ces intérieurs-là sont devenus l'exception. La règle générale, c'est l'aspiration vers des toilettes meilleures, c'est un irrésistible besoin de falbalas ; c'est un amour désordonné pour ces étoffes que les marchands de noveuautés appellent ironiquement *gros grains*, comme pour faire allusion aux tempêtes qu'elles déchaînent dans le cœur du dix-neuvième siècle.

J'ai dit que je mettais hors de cause les procédés de la maison Cythère et Cⁱᵉ. Comment donc s'y prennent les autres femmes pour arriver à prouver que qui ne pourrait pas le moins peut le plus ?

O vous toutes qui ne dînez pas, ou qui dînez à

peine, pour acheter des gants, des rubans, des bijoux, vous pourriez répondre à la question ! Que de pommes de terre vous consommez en cachette pour arriver à joindre les deux bouts de dentelles que vous convoitiez ! Combien de vous ont, non pas vendu, mais acheté leur droit au luxe, au prix d'un plat de lentilles perpétuel ! N'est-il pas vrai, mesdames et mesdemoiselles Esaü ?

Il est toutefois un autre moyen auquel recourent beaucoup d'honnêtes ambitions. Ce moyen, c'est le travail secret, le travail acharné, à l'aide duquel on amasse le pécule nécessaire pour satisfaire ensuite les caprices de la coquetterie.

Il y en a plus qu'on ne pense, allez, de ces ouvrières en appartement.

J'ai connu une dame par qui j'ai vu broder pendant six ans la même calotte grecque.

Chaque fois qu'on lui demandait à qui elle destinait ce charmant travail, elle trouvait une réplique différente. Le premier jour, je l'entendis répondre :

— Chut ! n'en dites rien ; c'est une surprise

que je veux faire à mon mari pour sa fête...

Un mois après, je la retrouvai en tête à tête
avec la même calotte qui avait changé de destination. Cette fois-là, c'était une surprise qu'elle
voulait faire à son oncle pour l'anniversaire de
sa naissance.

A la fin de l'année, je calculai que la dame en
question devait en être à sa cent onzième calotte,
et j'en dus conclu r que, quelque fût le nombre
des oncles, neveux, cousins, parrains, frères,
filleuls auxquels elle voulait faire des surprises,
ce prétexte finissait par devenir inadmissible.

Il y avait, en effet, un mystère là-dessous. La
dame travaillait pour l'exportation, et les calottes qui lui étaient achetées par un magasin
sortaient de la famille pour aller décorer le chef
des Brésiliens les plus transatlantiques.

J'ai connu une autre dame qui, pendant trois
ans, s'est confectionné un meuble en tapisserie
dont elle recommençait perpétuellement le ca-
napé et les fauteuils. Un nouveau métier : une
Pénélope en gros.

.·.

Dieu merci, les sociétés de secours mutuels fonctionnent sans relâche, les mairies font appel aux secours privés, des bals au profit des pauvres s'organisent de tout côté. C'est bien.

Mais pourtant il est des gens qui trouvent moyen de vicier la charité elle-même.

Je vous recommande entre autres un type au-dessous duquel je pourrais mettre un nom propre.

X... est propriétaire, notable commerçant et assez ambitieux pour tenir à la réputation d'homme généreux dans son quartier. Aussi toutes les quêtes, toutes les tombolas sont-elles certaines d'avoir X... pour souscripteur, cela même dans des proportions plus qu'ordinaires.

Seulement.....

Seulement, X... a imaginé un procédé pour se couvrir, comme on dit à la Bourse. Chaque fois qu'il s'est laissé aller, pour les besoins de son

ostentation, a un acte de munificence, le lendemain il augmente un ou plusieurs de ses locataires.

Pas mal trouvé.

∴

Les propriétaires! Encore les propriétaires!

L'un d'eux s'en va trouver, l'autre jour, un de
ses locataires qui habite un petit logement modeste, modeste...

— Mon cher monsieur, je vous salue...

— Serviteur.

— Je viens vous parler au sujet de votre appartement.

— De mon...

— Oui, j'ai l'intention de vous le mettre à
neuf...

— Ah! merci, cher monsieur... Il en avait
bien besoin... Les peintures sont d'un rance et les
papiers d'un sale...

— Pardon, nous ne nous entendons pas... J'ai l'intention de vous mettre à neuf... cents francs au lieu de six cents.

Tableau.

IV

IV

∴

Aimez-vous la poudre? On en met partout.
Même et surtout dans les réjouissances publiques
du 15 août, où les théâtres militaires tiennent
une si large place.

J'avouerai franchement que cette partie des
réjouissances me paraît sonner singulièrement
faux à côté des aspirations pacifiques que le
temps présent s'efforce d'affirmer de tous côtés.
Ne serait-il pas temps d'apporter une variante?
Exhiber sans cesse aux regards du peuple des
figurants travestis en héros de carnaval, c'est peu

moralisateur; montrer ces mêmes figurants en train de se massacrer à l'heure et à la course, c'est moins moralisateur encore.

Et l'on s'étonne ensuite que nous soyons une population belliqueuse, et l'on s'étonne que le goût de l'entr'égorgement se perpétue infiniment dans les masses.

Si vous voulez que le progrès s'accomplisse, commencez donc par mettre sous nos yeux d'autres exemples que ceux-là. Ces pantomimes plus que naïves, où l'on voit à perpétuité s'échanger des coups de crosses de fusils et des arquebusades, où l'on voit des villages saccagés, des habitants fuyant effarés devant le carnage, où l'on passe en un mot en revue toutes les abominations de la guerre avec accompagnement de musique, ces pantomines répugnent autant qu'elles ennuient.

Ne pourrait-on pas, une fois par hasard, représenter quelque touchant épisode de la vie des travailleurs, nous faire assister à quelque belle fête de la vie agreste? Est-il absolument nécessaire, pour que l'intérêt soit soutenu, qu'il repose sur des pointes de baïonnettes ?

Si du côté moral de la question nous passons au côté matériel, les coulisses des théâtres militaires nous offriront de bien curieux sujets d'observation.

Un entrepreneur soumissionne en général cette direction d'un jour. L'impresario, qui, pour figurants, a de véritables troupiers prêtés par l'administration, engage six ou huit artistes muets pour les principaux rôles.

La journée de chacun est payée 15 francs. Ces artistes sont invariablement :

Un fort premier rôle pour les traîtres. Le fort premier rôle joue le personnage obligé de l'espion et doit inspirer par ses gestes une réprobation unanime.

Après lui, le jeune premier. Il remplit invariablement le rôle d'un jeune officier français qui, à lui seul, extermine six cents ennemis.

En troisième lieu, la Dorval. A été en général écuyère de l'Hippodrome, car dans certaines pièces il faut qu'elle se laisse emporter sur un cheval fougueux qui compte vingt-deux ans d'âge. La Dorval est une vivandière française, bien entendu, qui... que... dont... Vous connaissez son histoire par cœur.

En quatrième lieu, le comique. Généralement c'est un clown qui amalgame les grands écarts et les lazzis. Quand il est capable d'exécuter les scènes de dislocation, il a un supplément de trois francs, ce qui fait murmurer amèrement le grand premier rôle fruit sec du Conservatoire.

En dehors des appointements, les artistes ont droit à un certain nombre de chopes pour étancher la soif que leur causent tant d'exploits. Ils sont également nourris.

Qui le croirait ? Les représentations des théâtres de plein vent peuvent devenir un baromètre politique et un sujet de communications diplomatiques.

Suivant, en effet, les vicissitudes des rapports internationaux, on représente telle ou telle pièce. Quand les relations sont tendues avec la Russie, on joue un souvenir de Crimée; si l'on est en voie de rapprochement avec l'Autriche, défense absolue de mettre sur les planches un épisode quelconque de la guerre d'Italie.

Dans ces cas-là, on se rabat sur l'expédition de Chine ou sur l'Algérie, mine inépuisable.

N'oublions pas un personnage qui a bien sa petite importance.

C'est l'auteur chargé de composer les scénarios. Ces œuvres de littérature à poudre sont payées douze francs, à la condition expresse que l'intrigue devra se plier à tous les changements d'uniformes que l'on voudra. Tant pis pour la couleur locale! Il faut que les scènes d'amour et de violence s'adaptent aussi bien à Pékin qu'à Solferino ou Laghouat.

J'ai connu jadis un brave garçon qui avait longtemps travaillé cette spécialité sous Louis-Philippe. Il avait la conviction de sa valeur et avait fait graver sur ses cartes : *X...*, *auteur dramatique.*

Ce fut lui qui poussa ce beau cri du cœur.

5.

Dans une pantomime de son crû, le clown s'élançait sur le yatagan d'un Arabe et l'avalait aux yeux du public ébahi. Notre homme (je parle de l'auteur) était dans la coulisse et, se tournant vers nous :

— J'ai mis plus de quinze jours à trouver cet effet-là.....

Une des réjouissantes particularités des coulisses en question, c'est la discordance des gestes et des *apartés* auxquels se livrent les interprètes.

Exemple :

La jeune première met la main sur mon cœur. Aparté : Est-ce que tu n'as pas soif, toi ?

Le grand premier rôle tire son poignard d'un air menaçant. Aparté : Ils ont donné de la bière aigre qui me reste sur l'estomac.

La jeune première tombe à genoux en joignant les mains. Aparté : Il y a des courants d'air de tous les côtés. L'année dernière déjà, j'ai attrapé une grippe qui m'a duré quinze jours.

Eh bien, non ! les théâtres de plein vent ne

sont pas l'idéal qu'on pourrait rêver pour former l'esprit d'une nation.

La même observation doit être appliquée à un autre genre d'exhibition qui va sans cesse se déployant.

Je veux parler de ces prétendues vues d'optique où, moyennant 10 centimes, on a le droit d'appliquer son œil à une dizaine de verres ronds derrière lesquels sont placées des images d'Epinal. C'était là du moins l'origine.

Je me rappelle le patriarche du genre. Celui-là, naïf et sincère, travaillait au rond-point de l'Observatoire le jour, sur la place Sainte-Marguerite le soir. Il annonçait aux amateurs que sa vue d'optique passait en revue tous les anas de notre histoire (il voulait évidemment dire annales).

C'est lui encore qui, expliquant le dessin représentant la bataille de Navarin, s'écriait :

— Remarquez, mesdames et messieurs, la frénésie incandescente de la mêlée. Ce combat fut si naval que douze mille hommes y périrent.....

Homme primitif, que tes successeurs ont dégénéré!

Savez-vous, en effet, ce qu'on exhibe maintenant sous les toiles nomades des fêtes ? Toutes les horreurs contemporaines. Ici on vous montre Poncet ou Lemaire grimpant sur un échafaud. La lunette, le bourreau, le panier plein de son qui attend la tête, tout est représenté avec une grossière et brutale vérité. Plus loin on vous fait assister à l'assassinat de Champerret. Cela, pour le coup, recule les limites de l'ignoble.

Je l'ai vu, de mes yeux vu, tiré à plusieurs éditions.

Une salle de cabaret enfumée ; par terre, des cadavres mutilés barbotant dans des mares de sang; dans un coin, un des assassins en uniforme tient par les cheveux la femme du marchand de vin et frappe à coups redoublés avec son sabre déjà rouge. Je le répète, c'est ignoble.

D'autant plus ignoble qu'on est épouvanté de l'avidité avec laquelle le populaire, femmes, hommes ou enfants, dévore ce spectacle; ils ne

peuvent s'arracher à la contemplation de ces
choses écœurantes et révoltantes; ils s'appellent
entre eux :

— Viens donc voir, c'est ça qu'est amusant!

Et ils commentent, et ils s'égayent aux dépens
des victimes.

Il existe de par le monde une commission de
colportage dont les sévérités sont proverbiales.
Elle qui épluche avec tant de sollicitude les
livres, les brochures, ne pourrait-elle pas empêcher de colporter aussi, à travers la France, des
monstruosités qui ont l'air de chercher à devenir
l'école mutuelle de l'assassinat ?

En appelant l'attention de qui de droit sur ce
point important, nous croyons remplir un devoir
sérieux.

Tout le monde connaît le fameux restaurant
de la Tête-Noire installé à Saint-Cloud sur la

grande place, avec son enseigne peinte en deux langues et ses volets verts.

Il a dû sa réputation spéciale aux exploits de Castaing l'empoisonneur, de Castaing dont on disait un jour :

— Empoisonner les gens dans un restaurant, c'est faire double emploi.

La Tête-Noire s'est négociée récemment sur la simple mise à prix de 20,000 francs, et d'aucuns ont trouvé que c'était là une somme bien minime pour une aussi antique renommée. C'est que ceux-là ignorent les misères de la profession et ne se doutent pas des vicissitudes terribles auxquelles est soumis le traiteur de banlieue.

On sait l'histoire du prévenu à qui le président demande sa profession :

— Fabricant de bâtons pour tous les maréchaux de France.

— Vous devez avoir bien de la morte-saison.

C'est là, hélas! le sort du traiteur de banlieue; la morte-saison le tue. Le problème à résoudre est celui-ci. Avoir un matériel organisé de ma-

nière à donner dix fois par an un dîner à deux
mille personnes, et ne voir, pendant les trois
cent cinquante-trois autres jours de l'année
qu'un quart de client en moyenne par jour. Le
traiteur de banlieue, c'est une marmotte dont le
bien s'en va en dormant. Juste le contraire de ce
que le proverbe affirme.

Ce n'est pas tout; quand est venue la belle
saison, la condition de l'infortuné n'en est souvent pas moins lamentable pour cela. Perfide
baromètre, voilà de tes coups!

Le matin, dès quatre heures — car il faut se
lever tôt pour arriver à la halle en même temps
que les confrères de Paris — le matin, dès quatre
heures, un soleil radieux ruisselle. C'est un dimanche. Notre homme se frotte les mains, empile
sur sa voiture des monceaux de provisions et
revient triomphant. Mais vers midi éclate un
orage furibond. Sauve qui peut. Pas un Parisien
n'ose aventurer son pantalon blanc à la campagne et l'infortuné traiteur reste en tête-à-tête
avec cinq douzaines de homards, cent cinquante

kilos de viandes assorties et tout un jardin potager. Perte sèche, arrosée seulement de ses
larmes, d'environ douze cents francs. Et il y a
des étés où cela se renouvelle périodiquement
tous les huit jours.

Etonnez-vous ensuite qu'on fasse rarement
fortune dans cette spécialité ! Étonnez-vous que
les malheureux ne puissent pas satisfaire les
exigences d'un public qui n'en voudrait pas
moins retrouver là tout le confort du boulevard
des Italiens !

J'ai vu, de mes yeux vu, à la grille de Ville-
d'Avray, les consommateurs empoigner le restau-
rateur par la boucle de son pantalon, et le lancer
par dessus un bosquet, sous prétexte que le sus-
dit leur avait fait attendre pendant cinq quarts
d'heure une omelette soufflée. C'est absurde.
Qu'allez-vous faire dans cette galère, si d'avance
vous n'avez pas fait le sacrifice de votre gour-
mandise ?

De là, pour le traiteur de banlieue, la nécessité
de ruser sans relâche avec la pratique. Car il

faut encore, pour la famille Panurge, que l'établissement ait l'air achalandé, sans quoi on n'entrerait pas.

J'en sais un qui avait eu, à cette occasion, une inspiration de génie.

Vous connaissez le procédé à l'aide duquel on imite le tonnerre au théâtre. Une plaque de tôle agitée dans la coulisse et le tour est fait. Notre homme avait inventé quelque chose d'analogue. Dans une caisse oblongue et hermétiquement close il avait enfermé les débris de porcelaines cassées. Campé en vedette sur le devant de sa porte, il guettait le moment où allaient passer les promeneurs et alors, se penchant vers le soupirail de la cuisine :

— Victor, criait-t-il à son garçon, voilà du monde, remue la boîte à la vaisselle!

Les promeneurs, entendant un si violent cliquetis d'assiettes, s'arrêtaient alléchés, en se disant : — Voilà à coup sûr une maison achalandée où nous trouverons notre affaire. Et ils entraient.

Vous le voyez par ce rapide aperçu, tout n'est pas rose dans le métier de traiteur de banlieue, et quand on songe au capital dormant que représente le matériel de tels établissements si dépourvus quand la bise est venue, on serait plutôt prêt à s'étonner que l'un d'eux ait pu être mis à prix 20,000 francs, en dehors de tous les frais et de tous les risques que je viens de mentionner.

J'ai reçu la lettre qui suit :

« Monsieur,

» Vous paraissez vous intéresser — et vous avez raison — aux excentricités de la publicité cosmopolite. Veuillez me permettre de vous envoyer deux échantillons qui, je l'espère, ne dépareront pas votre collection.

» Ces deux échantillons sont l'un et l'autre empruntés à l'*Office de Publicité*, journal qui s'édite à Bruxelles. Je prendrai la liberté d'appeler spécialement votre attention sur les *mots de la fin* qui terminent si brillamment chacune de mes annonces.

» Dans l'espoir que cette communication vous sera agréable, je vous prie d'agréer, monsieur, mes compliments empressés.

» A. R. »

Numéro un :

Un homme veuf à la tête d'un commerce d'épiceries, et âgé de 40 ans, demande pour associée une demoiselle ou veuve, pouvant disposer de cinq ou six cents francs.

Il épouserait au besoin.

Ecrire franco à l'*Office de Publicité,* aux initiales L. M.

Il épouserait au besoin! c'est un de ces traits de haute comédie qu'on doit saluer au passage.

Numéro deux :

Un homme veuf âgé de 60 ans, jouissant d'une

position indépendante et aisée, désire se marier
avec une jeune fille ou une veuve, de 20 à 25 ans,
ayant une bonne éducation, un caractère facile
à vivre, de la distinction dans les manières, et
qui aime la musique et la lecture des bons au-
teurs. Elle pourra, si elle le veut, suivre ses devoirs de religion, mais sans gêner son mari. —
Chaque année passée en ménage lui vaudra au
moins 200 fr. de rente viagère. *Pas de belle-
mère.* — Ecrire franco à l'*Office de Publicité,*
initiales C. Z.

Tout à l'heure j'allais donner le 1ᵉʳ prix au *numéro un*, mais je le déclare vaincu par le *numéro
deux.*

Pas de belle-mère! est un cri du cœur qui emporte définitivement la palme.

J'ai lu dans les journaux, ce qui suit :

« Une nouvelle série de jeunes gens envoyés

par la Sublime-Porte vient d'arriver à Paris où ils doivent faire leur éducation. »

Les étrangers des pays les plus divers veulent bien ainsi prendre notre capitale pour rendez-vous et nous expédier de jeunes produits que le soleil parisien est chargé de mûrir. Malheureusement, toutes les fois que je rencontre des mentions de ce genre, je ne puis m'empêcher de plaindre la naïveté des gouvernements qui s'imaginent qu'on apprendra Paris à leurs sujets par les procédés en usage dans les pensions où l'on place ces adolescents.

Apprendre Paris? Mais pour cela il faudrait s'y prendre tout autrement, ô Porte-Sublime, ô Arménie, ô shah de Perse !

Ils seront bien avancés, vos jouvenceaux, quand on leur aura montré la colonne Vendôme et la marmite des Invalides. Quand on leur aura enseigné qu'il y a vingt arrondissements, quatre-vingt-douze casernes, une Morgue, quarante-huit lignes d'omnibus, vingt-cinq théâtres ; quand on leur aura enseigné que les approvisionnements se font par les Halles centrales et que la police emploie trois mille huit cents sergents de ville ; quand on leur aura enseigné la règle des participes et comment *quelque* s'écrit de trois manières. Est-ce apprendre Paris ? Nullement.

Si vous désirez sérieusement, gouvernements exotiques, voir revenir chez vous des initiés de la civilisation moderne, choisissez donc deux ou trois philosophes en disponibilité pour conduire avec commentaires vos jeunes gens à travers tous les piéges à loups et à moutons.

Pour les mener étudier :

La probité à la Bourse ;

Le bonheur conjugal chez M. de Foy ;

L'organisation sociale dans les hospices ;

La gloire dans les hôpitaux militaires ;

La vertu au quartier Breda ;

L'art chez les imagiers de la rue Saint-Jacques ;

La littérature dans les sous-sols du journalisme ;

La politique partout ;

La poésie nulle part.

Jusque-là, gouvernements exotiques, vous perdrez votre temps et votre argent. J'ai cru devoir vous en avertir. Ma conscience est tranquille maintenant.

*
* *

Qu'on me permette d'intercaler ici une réponse qui fut faite l'autre jour au président de la police correctionelle et qui a bien son petit symptôme d'actualité :

Un prévenu comparaissait sous la prévention de vagabondage, et il faut convenir que l'extérieur de l'accusé justifiait pleinement ces présomptions nomades.

Et comme le président lui posait la question ordinaire :

— Enfin, vous n'avez pas de profession ?

Lui, grave et impassible, de répliquer aussitôt:

— Mille pardons; je cherche un nouveau système de fusil.

*
* *

Curieux et curieuses, à vos postes !

Un beau jour va luire pour les amateurs, car le pourvoi d'un condamné à mort vient d'être rejeté par la Cour de cassation.

Et l'on va recommencer à voir chaque matin s'acheminer vers les hauteurs de la Roquette la procession des fidèles de la guillotine ; et les marchands de vin du quartier se frotteront les mains à la pensée du surcroit de bénéfices que leur vaudra le voisinage de l'échafaud ; et les cocottes en goguette se feront voiturer chaque matin sur le lieu de ce spectacle gratuit par les cochers de nuit charmés de ce travail extraordinaire.

Etrange clientèle que celle qui suit à Paris un cours permanent d'atrocités !

J'ai connu un brave homme qui s'était fait une spécialité des voluptés lugubres. N'ayant qu'un

maigre revenu et ne pouvant, par conséquent, se
donner le luxe du bal, du théâtre ou du concert,
il avait imaginé une façon de s'amuser vraiment
particulière.

Un incendie dévorait-il un pâté de maisons ?
Dès les premières lueurs du sinistre il se mettait
à courir dans la direction des flammes, et de loin
regardait toutes les opérations. Si sa mauvaise
étoile voulait qu'il fût prévenu trop tard, le lendemain dès l'aurore il allait visiter le théâtre de
la catastrophe. Un puisatier était-il enseveli par
un éboulement ? C'étaient vingt-quatre heures
d'émotions pour ce dégustateur impitoyable. Il
campait à côté du gouffre, ne quittant les ouvriers
occupés au sauvetage que pour aller prendre ses
repas chez un traiteur du voisinage.

La Cour d'assises, — cela va sans dire, — était
un de ses lieux de récréation favoris. Le matin,
pour s'ouvrir l'appétit, il faisait régulièrement
un petit tour à la Morgue. Quand on enterrait
une célébrité, il arrivait des premiers devant la
porte du défunt ; il ne sortait du cimetière que

6

lorsque le dernier mot de la dernière oraison funèbre avait été prononcé. Son bonheur était au
comble quand il parvenait à se faufiler dans une
voiture de deuil.

Lorsqu'un assassinat était commis quelque
part, il s'établissait dans les environs pour voir
venir le commissaire de police et le juge d'instruction.

Les jours de morte-saison, — c'est-à-dire
quand il n'y avait aucun accident en vedette, —
il allait flâner autour de l'Arc de triomphe ou de
la colonne Vendôme, comptant sur sa chance
pour être témoin de quelque suicide inattendu.

Ce bizarre personnage avait, dans un coin de
sa mémoire, une colleclion de souvenirs d'honneur qu'il étalait fièrement pour éblouir les
étrangers :

1° Avoir vu juger Papavoine.

2° Avoir contemplé, après l'affaire de la rive
gauche, les restes de l'amiral Dumont-Durville,
changé en charbon, et pas plus long que cela ;
oui, monsieur, pas plus long que cela !

3° Avoir déjeuné avec l'aide du bourreau avant l'exécution de Verger.

4° Avoir reçu des coups de poing à l'enterrement de Béranger.

L'heureux mortel !

．．

A propos d'échafaud, on m'a conté la sinistre et véridique histoire que voici :

Laïs fut, comme chacun sait, une des idoles de la foule à la fin du siècle dernier. On se disputait ses roulades ; l'enthousiasme l'acclamait, et plus d'une fois, quoique ce fût un homme, des bouquets tombèrent à ses pieds.

Or (il y a bien longtemps de cela), un matin, on vint dire au baron Taylor qu'un homme plus que pauvrement vêtu demande à lui parler. Le baron, qui est habitué au contact de la misère, parce qu'il est habitué à la soulager, fait entrer l'inconnu.

— Que désirez-vous, mon ami ?

— Monsieur le baron, je suis le fils de Laïs, le célèbre chanteur.

— Vous !

— Moi. Je comprends, vous regardez mon costume délabré. C'est bien un malheureux qui vous parle. Mon père, qui avait récolté plus de bravos que de rentes, me laissa sans fortune. J'essayai de suivre la carrière artistique, je n'avais point assez de talent pour percer. Bref, d'épreuves en épreuves, j'en fus réduit à me faire coryphée au théâtre de...

— Il se pourrait !

— Hélas ! monsieur le baron, c'était encore là un bonheur relatif, mais cette suprême ressource vient de m'échapper à son tour. J'ai été congédié sans savoir pourquoi, et ma visite a précisément pour but de vous demander si vous ne voudriez pas, en faveur du nom que je porte, intercéder pour obtenir ma réintégration. Je suis père de famille : une femme, deux enfants. Consentirez-vous à...

— Bien volontiers ; mais quel est le motif pour

lequel on a pu vous frapper avec cette rigueur ?

— Je vous répète, monsieur le baron, que je l'ignore absolument.

— Il suffit, revenez dans trois jours.

Le baron Taylor, fidèle à sa parole, court aux informations.

— Laïs, lui dit-on... Vous avez tort de vous intéresser à cet homme : il ne doit que trop bien savoir, quoiqu'on ne le lui ait pas dit, pour quelle raison on a dû l'expulser. Le malheureux sert de valet au bourreau. Un de ses camarades, qui assistait au marquage de plusieurs forçats sur la place du Palais-de-Justice, l'a vu présenter le fer rouge à Sanson. Et tout d'une voix, les autres choristes, quand ils ont été informés, ont protesté qu'ils donneraient leur démission en masse si on leur imposait un côte-à-côte semblable.

Cette révélation devait être, et fut, en effet, pour le baron Taylor un coup de massue. Il n'y avait plus à répliquer, il se retira.

Trois jours après, son protégé se représentait devant lui.

— Je viens savoir, monsieur le baron, si vous avez pu...

— Il est inutile de prolonger plus loin la comédie ; vous ne connaissez que trop le douloureux motif de votre expulsion.

— Je vous jure...

— C'est peine perdue. Je sais maintenant à quoi m'en tenir moi-même, et je dois vous le dire, vous ne m'inspirez aucun intérêt.

— Soit. Je mourrai de faim, mais, sur la tête de mes enfants, je vous affirme de nouveau...

— Brisons là. Prenez ces vingt francs pour subvenir à vos besoins les plus pressants et ne revenez jamais ici, car vous ne seriez pas reçu.

Deux mois s'écoulèrent, et le baron Taylor ne pensait déjà plus à cette aventure, quand on lui remit, un jour, à l'heure de son déjeuner, un billet ainsi conçu :

« Un homme à qui vous avez fait du bien et qui ne voudrait pas mourir sans avoir reconquis votre estime, vous supplie de venir tout de suite à l'Hôtel-Dieu, telle salle, tel lit. Hâtez-vous, ses heures sont comptées. »

Il n'y avait point à résister à une prière formulée de la sorte. Le baron sauta dans une voiture
et, une demi-heure après, il était au chevet du
fils de Laïs, car c'était lui qui lui avait écrit.

— Monsieur le baron, je suis au plus mal; me
refuserez-vous encore le moyen de me réhabiliter
dans votre esprit, me refuserez-vous encore de
me révéler la cause qui m'a fait chasser du théà-
tre où j'étais employé?

— Vous le voulez? Eh bien, cette cause, la voici.

Et M. Taylor répéta le récit qu'il lui avait été
fait. Le malade avait bondi sur son lit, et d'une
voix vibrante d'émotion :

— On ne ment pas au seuil de la mort. Sur
l'honneur, je suis innocent, et ma justification est
des plus simples. M. Sanson, quand mon père
mourut (mon père, que des relations de voisinage
lui avait fait connaître), M. Sanson vint à mon
aide et contribua, de ses deniers, à mon éducation. Je lui en gardai une légitime reconnais-
a...e et j'...i... r.... .'...lui com.. n il était reçu

chez moi. Le jour dont vous parlez, j'assistais
(c'est un tort peut-être) au marquage des forçats.
L'aide du bourreau, frappé d'une attaque d'apo-
plexie, tomba soudain. Que faire ? M. Sanson qui
regardait autour de lui, troublé, éperdu, m'aper-
çut dans la foule, à quelques pas ; il me fit signe,
et m'interpellant, me pria de lui passer le fer
rougi qui était au-dessous dans un brasier. Je ne
crus pas, dans une circonstance aussi difficile,
pouvoir lui refuser. Je lui tendis le fer et c'est là
qu'on me vit sans doute, mais ce fut tout, et jamais je n'ai rempli les fonctions qu'on m'impute.
Si vous doutez encore, vous avez le temps d'interroger M. Sanson lui-même, voici son adresse
et le médecin m'a dit que j'en avais jusqu'à ce
soir. Allez, je vous en prie, car je veux qu'aucune
obscurité ne surgisse. Allez, de grâce.

Sanson questionné, confirma de point en point
ce que le fils de Laïs avait dit. Le baron Taylor
revint à l'Hôtel-Dieu.

— C'était la vérité, mon ami, une malheureuse méprise...

— Alors, j'ai retrouvé votre estime, monsieur le baron, voulez-vous me rendre heureux ? Serrez-moi la main.

Et comme les deux mains se rencontraient dans une étreinte, le fils de Laïs rendit le dernier soupir. Ses camarades assistèrent à ses funérailles ; c'était la seule réparation qu'ils pussent lui accorder désormais.

.*.

La scène se passe chez un entrepreneur de mariages.

On a commencé par négocier. M. Conjunguo a promis une demoiselle charmante, d'une excellente famille et d'une aisance qui ne laisse rien à désirer.

Arrive le jour de l'entrevue. Juste ciel ! quelle désillusion !

Le futur, courroucé, prend à part l'entrepreneur de mariages :

— Vous m'aviez promis une personne charmante.

— Au moral.

— Elle est affreuse.

— Oui, mais cent mille francs de dot.

— Sans compter qu'elle porte des lunettes.

— Elles sont en or!!!

* *

'Bien mordu, madame.

Un philosophe, à qui l'on demandait une définition de l'homme civilisé, répondait un jour :

— L'homme civilisé est celui qui, aussitôt
qu'il se trouve réuni avec un second de ses semblables, dit du mal d'un troisième.

L'axiôme n'a pas vieilli, ce qui explique comment, à peine quelques salons ont-ils entrebâillé
leurs portes, dame Médisance y a obtenu ses
grandes et petites entrées.

L'autre soir, par exemple, il fut fort question

chez la comtesse de X... d'un mariage dont les bans viennent d'être publiés. Le mari, fort connu dans le monde des courses et de la Chaussée-d'Antin, se donne (on n'est pas forcé de le prendre) pour un baron plus ou moins exotique, dont il n'a jamais été possible de vérifier les pouvoirs. La future, spécialement laide et idéalement maigre, réunit tous les désavantages avec la plus touchante unanimité.

D'où les commentaires à ironie que veux-tu.

— C'est inconcevable, épouser une femme aussi follement étique, quand on est assez riche pour choisir, en somme.

— Rien de plus simple, messieurs, fit soudain la voix de la maîtresse de la maison. On a souvent contesté la noblesse de ce pauvre M. de X... Désormais, du moins, il aura un parchemin à montrer.

*
* *

La question de la claque revient à l'ordre du jour tous les six mois.

Une brochure vient encore de paraître sur ce sujet inépuisable, brochure qui, par des arguments irréfutables, ce nous semble, prouve qu'il faudra tôt ou tard en arriver à la suppression de cette barbarie à mains armées... de bravos.

Il ne faut pas cependant oublier que la claque a compté des défenseurs illustres. Balzac, entre autres, le grand Balzac, — c'est Léon Gozlan, son historiographe, qui nous l'a raconté dans son chapitre intitulé, *Balzac au théâtre*.

L'auteur de la *Comédie humaine* avait théoriquement toujours professé pour les claqueurs une aversion profonde ; aussi, quand il s'agit de monter *Quinola*, dit-il à Lireux, le directeur :

—Premier chapitre des réformes que j'apporte. Je ne veux pas des claqueurs. Je les exécrais à *Vautrin*, mais je les ai subis pour complaire à l'horrible routine d'Harel, lié par mille liens d'amitiés et de papiers timbrés avec Porcher; mais je les bannis à *Quinola*, bannis à perpétuité.

— Pourtant le parterre de l'Odéon, pépinière tumultueuse d'étudia   ux premières représentations, a besoin d'un paratonnerre intelligent qui s'élève au milieu des orages pour détourner la foudre ou la diriger. Ce paratonnerre...

— Je vous vois venir : ce paratonnerre, c'est la claque.

— Mais !...

— Je connais la comparaison ; elle me plaît même à l'état de seconde édition, mais à la première de mes pièces, je déclare solennellement ne plus vouloir de claqueurs. C'est à prendre ou à laisser, *Quinola* est à cette condition.

Fort bien. Voilà donc les choses conclues. Mais quelques heures avant la représentation (nous citons toujours Léon Gozlan), Balzac revenant sur ses intentions en apparence si fièrement arrêtées, oubliant sa haine furibonde contre les claqueurs, voulut, demanda, exigea des claqueurs. Que s'était-il donc passé dans sa tête ? Heureusement Lireux ne perdait jamais la sienne.

Sur ce désir *in extremis* de Balzac, faible à la dernière heure, le directeur de l'Odéon appela dans son cabinet le chef des claqueurs et lui fit

7

part des intentions de l'auteur mieux avisé. En
recevant cette communication. M. Dupont (c'était
1e nom de cet étrange chef) se redressa de toute
la hauteur monumentale de son amour-propre
primitivement froissé par Balzac, si dédaigneux
d'abord à l'endroit de son importance et de ses
services, et il objecta au directeur de l'Odéon
qu'il n'était plus en mesure, qu'il était trop tard
pour organiser sa bande. M. de Balzac, continua-
t-il, n'avait qu'à ne pas se montrer si fier, si
délicat, lorsque je me suis offert pour soutenir,
comme d'usage, son drame de *Quinola* devant le
difficile public qui l'attend. On ne se jouait pas si
facilement d'un homme comme lui, poursuivit-il,
on ne se mettait pas avec tant de présomption au-
dessus des usages du théâtre et des plus vénérables traditions. Dupont fit mine de se retirer
après ce débordement d'amertume.

Un bras amical l'arrêta doucement au seuil de
la sortie et le ramena.

— Voyons, mon cher Dupont, lui dit Lireux,
mettez-vous vous-même, je vous en prie, au-

dessus de ces manques d'égards, tout à fait sans
importance, croyez-moi, venant d'un auteur novice
encore dans la carrière dramatique, carrière dont
vous gardez avec tant de dignités les nobles
avenues. D'ailleurs, du moment où M. de Balzac
avoue ses torts, et c'est largement les avouer,
convenez-en, que de revenir à vous par mon en-
tremise directoriale, vous seriez dur, vous seriez
blâmable de demeurer en arrière de ce mouvement de générosité.

Connaissez-vous rien de plus franchement
comique que la dignité offensée de Dupont ? Si
vraiment il y a quelque chose, c'est la fin de
cette scène.

Lireux ayant pu triompher de la colère du
terrible Romain, l'invita à noter avec lui les
passages qu'il faudrait souligner par des bravos
bien sentis.

Après s'être incliné un instant sur le ma-
nuscrit de *Quinola*, le chef de claque le prit brusquement, le roula, le mit avec autorité sous son
bras et sortit d'un pas majestueux du cabinet

du directeur en laissant tomber derrière lui ces mots qui sont demeurés à jamais célèbres dans les traditions théâtrales et que les échos de l'Odéon ont retenus : « Je ferai ce travail-là chez moi. »

C'est la conclusion du récit de Gozlan. Quant à la morale à en tirer, ne prouverait-elle pas plutôt contre la claque qui ne sut pas empêcher la chute d'une œuvre dans laquelle éclataient çà et là de réelles beautés ?

La lecture de la brochure sur la claque nous a rappelé certaine définition dont l'à peu près rappelle lui-même le fameux *famillionairement* de - Henri Heine.

Dumersan, le spirituel auteur, causait un jour avec Harel, l'homme aux idées étranges.

— Mon cher, dit Harel, je vais réaliser une réforme capitale.

— Ah ! bah ?

— Capitale.

— Et laquelle ?

— J'ai reconnu par la pratique, que les cla-

queurs mariés faisaient moins bien leur service
que les autres.

— Pas possible.

— C'est positif. Quand ils sont en retard, ils ont
toujours des raisons de famille à invoquer ; quand
il s'agit d'assister à une répétition générale, ils se
font tirer l'oreille sous prétexte que leur femme
est malade ou que leur petit dernier perce une
dent.

Je n'entends pas que les choses continuent sur
ce pied. Mes claqueurs doivent m'appartenir
corps et âme et pour cela être libres de tout lien
matrimonial.

— Je comprends, fit Dumersan qui avait écouté
en faisant d'héroïques efforts pour paraître convaincu, vous ne voulez plus que des *célibattoirs*...

*
* *

Les faits divers veulent bien nous apprendre
de temps en temps qu'une descente officielle aura
lieu dans les catacombes de Paris.

Il y a pour ces solennités lugubres beaucoup d'appelants et, peu d'élus. Les visites ont lieu deux fois par an sous la direction d'un ingénieur des mines, et pour éviter l'encombrement, on doit nécessairement se montrer assez avare de permissions.

La vérité, du reste, me force à proclamer que la chose n'est point aussi terrible qu'elle en a l'air à distance. Oui, sans doute, si l'on descendait dans ces souterrains, asile de la mort, seul, ne voyant qu'une nuit à peine éclairée par une lanterne sourde, n'entendant que le silence morne; oui, sans doute, alors, l'impression pourrait être profonde, car la mise en scène ne laisse pas que d'être combinée pour l'effet.

Mais, lorsqu'on arrive en bande dans les catacombes, le prestige diminue singulièrement. On dirait plutôt qu'il s'agit d'un train de plaisir, et le passant qui regarde curieusement, à travers la grille de l'ancien bâtiment d'octroi de la barrière d'Enfer ces messieurs et ces dames, qui devisent en attendant le moment du départ, ne se doute-

rait pas que tout ce monde riant, caquetant et
ganté de frais, est réuni là pour faire une excursion au pays des trépassés.

Les Anglais sont presques toujours en majorité
dans ces assemblées. Depuis quelque temps aussi,
les beautés du demi-monde, toujours avides de
premières représentations, suivent assez assidû-
ment ces descentes souterraines, et leurs réflexions insoucieuses ne contribuent pas peu à
rompre le charme et à empêcher le recueillement.
Le luxe de luminaire déployé en cette occasion
donne aussi à la promenade un petit air de fête
qui ne devrait pas faire partie du programme.
Chaque excursionniste, en effet, tient à la main
une bougie allumée. Quand on est cent cinquante,
jugez de l'illumination.....

Cependant, une petite porte verte s'ouvre. Un
à un on descend. L'ingénieur, — par un excès de
précaution, qui ne manque pas de produire
quelque effet sur les pusillanimes — compte
scrupuleusement ses voyageurs, tout comme s'il
était encore possible de s'égarer dans ce dédale

étiqueté, numéroté et réglementé. En réalité, rien n'est plus invraisemblable. Une raie noire tracée au plafond de la voûte vous accompagne tout le temps, prête à vous ramener à la sortie si vous faisiez fausse route, ce qui n'arrive jamais, puisque, de droite et de gauche, les galeries transversales, où il y aurait quelque danger à s'aventurer, sont soigneusement barricadées.

Après avoir marché quelque temps dans une sorte de cave gigantesque, qui sert de vestibule aux catacombes proprement dites, on arrive à l'ossuaire, vraiment trop bien rangé pour frapper l'imagination. Les piles de crânes et de tibias alignés au cordeau comme une rue de Rivoli après décès, sentent la parade et la préparation. Les épigraphes funéraires qui couvrent les murs de sentences latines et françaises, et de vers souvent médiocres, ajoutent à la fausseté du tableau. Ce n'est pas du drame humain, c'est de la tragédie pompeuse et ennuyeuse. On continue ainsi à marcher entre deux haies d'ossements, en se blasant de plus en plus. On a beau vous exhiber les curiosités du lieu, l'autel élevé à la mémoire de Gilbert, les restes de Ninon, les débris des Suisses tués au 10 août, la fontaine dont les poissons, nés dans cette perpétuelle obscurité, sont dépourvus d'yeux, la nature ayant jugé que ce nécessaire serait pour eux le superflu, — la banalité vous envahit de plus en plus.

La seule rencontre émouvante que j'aie faite dans les catacombes a été celle de quatre ou cinq ouvriers qui vivent en quelque sorte dans la mort, descendant là au lever du soleil, ne remontant que quand il est couché. L'un d'eux, — un vieillard de soixante-treize ans, — me déclara qu'il faisait ce métier depuis quarante-deux ans passés, pendant qu'à côté de moi une visiteuse fredonnait un air d'Offenbach. O contraste !

C'est ce vieux qui, lorsque Nadar photographia les catacombes, lui demanda une épreuve les larmes aux yeux.

— Je ne pourrai bientôt plus y venir, disait-il... J'en emporterai du moins un souvenir qui me rappellera le *bon temps*.

7.

On peut donc avoir aussi la nostalgie des sque-
lettes !...

.·.

Un drame intime en trois lignes.

Un convoi suivait le boulevard Montparnasse ;
derrière, le mari abîmé dans sa douleur et fon-
dant en larmes. En approchant du cimetière il
glisse dans la main de l'ami qui le soutenait, un
louis en faisant un signe. L'ami comprend, va
acheter deux couronnes, revient et les donne au
veuf avec sa monnaie.

Celui-ci de plus en plus larmoyant regarde, et
d'une voix qui ne paraît plus appartenir à ce
monde :

— On t'a rendu une pièce fausse !...

. .

La Fontaine raconte quelque part l'histoire
d'un astronome qui, en levant constamment les

regards vers le ciel, finit par se laisser choir dans un puits.

Nous sommes tous plus ou moins de ces astronomes-là.

Qu'un almanach tout ce qu'il y a plus Laensberg nous annonce une éclipse de soleil ou de lune pour un jour fixé, aussitôt nous voilà l'œil en arrêt, le morceau de verre à la main, occupés à interroger la voûte céleste dont pour la plupart nous ne comprenons pas les réponses.

Heure chérie des filous, qui profitent consciencieusement de nos distractions aériennes pour faire dans nos poches éclipse de porte-monnaie et de foulards.

Cependant une éclipse est-elle par elle-même chose si extraordinaire que nous ayons lieu d'en guetter le passage avec cette anxieuse préoccupation?

Éclipse des éclipses, tout n'est qu'éclipses icibas! Laissons donc, si vous le voulez bien, les savants s'en aller bien loin épier ce phénomène réglementé, et, pour nous dédommager de n'avoir pas de billets de faveur à ce spectacle, donnons-nous la comédie à nous-mêmes en regardant les éclipses terrestres qui se renouvellent incessamment autour de nous.

Elles sont nombreuses, curieuses et à la portée de tout le monde.

C'est sans doute pour cela que personne n'y prend garde. Et pourtant quels enseignements dans leurs évolutions !

Ignorants, mes collègues, ô vous tous que les lauriers de M. Leverrier n'empêchent pas de dormir — au contraire — tandis que l'Observatoire braque en l'air ses télescopes rayés, braquez en bas vos simples jumelles.

Ceci vous représente :

L'éclipse de l'amour.

L'amour !... un astre capricieux qui se lève souvent quand les autres se couchent, et se couche aussi souvent, hélas ! quand les autres se lèvent.

Comme il est beau ! comme il est pur ! comme

il brille! C'est le soleil des soleils!... Il éclaire et il éblouit, il échauffe et il brûle, il féconde et il dessèche.

N'importe. Tout le monde veut aller à ce feu-là. Allons-y!

Laure aime Alfred, Alfred aime Laure... — Chère Laure! — Cher Alfred! — Le rayonnement est complet et mutuel.

Soudain le ciel d'azur s'obscurcit : c'est l'éteignoir qui passe, c'est l'éclipse qui commence.

Pourquoi commence-t-elle? Pour peu de chose : pour un pantalon noisette qui a déplu à Laure; pour un chapeau qui a semblé disgracieux à Alfred; pour une robe qu'on a refusée à l'idole, pour un mot qu'on a entendu, pour une ride qu'on a surprise..., ou bien encore pour rien du tout.

Ce rien, c'est l'habitude, qui décolore toute chose.

L'éclipse de l'amour est totale dès qu'elle est. L'amour ne fait rien à demi.

Nota. — Le soleil de l'amour ne s'éteint jamais; seulement, il se rallume pour ou dans d'autres yeux. Je sais des gens qui en sont à leur vingtième éclipse.

Second nota. — En amour, éclipse est tantôt du masculin, tantôt du féminin, quand il n'est pas des deux genres à la fois.

L'éclipse de l'amitié.

Le soleil de l'amitié est un drôle de soleil.

Notre époque trouvant celui des anciens temps démodé a fait fabriquer le sien à la Monnaie.

Damon et Pythias seraient bien surpris s'ils revenaient à la vie, mais pour revenir il faudrait qu'ils eussent existé, — ce dont le premier venu vous démontrera aujourd'hui l'invraisemblance.

Le soleil de l'amitié est en or. Au milieu de ses jaunes rayons on distingue nettement ces mots : *Vingt francs.*

Tant qu'il luit au-dessus de votre maison tout va bien. Mais qu'un nuage s'interpose et c'en est fait de vous.

La veille vous étiez le bon, le généreux, le

grand X***. Le lendemain, vous êtes X*** le niais, l'imprudent, le prodigue.

En réalité vous êtes tout simplement X*** le **ruiné.**

Cela suffit à l'éclipse de l'amitié. Votre poche a perdu son soleil. Les hirondelles n'y viendront plus faire leur nid. Pas si bêtes, les hirondelles !

L'éclipse conjugale.

Il fut un temps où ce paragraphe aurait fait double emploi avec celui que nous avons consacré à l'éclipse de l'amour.

Mais nous avons changé tout cela, comme dit Molière.

Le mariage et l'amour ne se réunissent même plus, — sans doute parce qu'ils ne se rencontrent jamais.

Donc l'éclipse conjugale est une et invisible. C'est une éclipse de lune, appelée par antiphrase *lune de miel.*

D'une part, mademoiselle a été bien aise de sortir de tutelle et de devenir maîtresse de maison. De l'autre, monsieur était las de la vie de restaurant et le premier rhumatisme avait clandestinement sonné l'heure de prendre une garde-malade.

Total : On s'est épousé.

Pendant trois mois la lune a fait honnêtement sa besogne et donné une bonne petite lumière bien froide, bien blafarde, — lumière de veilleuse sur une table de nuit.

Au bout de ce temps l'éclipse a commencé.

Bonjour, petit cousin ! On vous attendait, mon ami. Vous voici, tout est dans l'ordre.

Et la pauvre lune disparaît, disparaît, disparaît.

Il n'en reste bientôt plus qu'une corne. Vous m'entendez bien ?

Quand le petit cousin n'arrive pas du côté de madame, c'est une danseuse qui survient du côté de monsieur.

D'ailleurs, mêmes symptômes, même marche, même corne.

Si cousin et danseuse apparaissent en même temps, l'éclipse est totale, ce qui fait que monsieur et madame ne voient pas ou feignent de ne pas voir la corne réciproque.

Assez d'autres la voient pour eux.

L'éclipse du courage.

Sang, enfer et damnation! Connaissez-vous Z... ? Z... le farouche, le pourfendeur, l'astre de courage?

Quand il passe sur les boulevards, ses yeux lancent des éclairs sur les humbles mortels qui osent graviter dans le même macadam que lui.

Les timorés à son aspect mettent la main devant leurs paupières. Il faudrait un aigle pour oser fixer en face ce flamboyant personnage.

Cependant un jour un monsieur qui n'est pas un aigle, mais simplement un homme, s'avise de mesurer l'orbite de l'astre. Ses satellites épouvantés de tant d'audace frémissent pour le mortel téméraire.

Un duel est décidé. Eclipse.

Ce n'est pourtant pas bien large la lame d'une épée ou le canon d'un pistolet! Eh bien! l'une ou

l'autre suffit pour obscurcir l'astre de bra-
voure.

La lumière tremblotte, vacille, puis disparaît
tout à coup.

Sur quoi les satellites, pour se venger de leur
crainte passée, se mettent à saluer, à l'instar des
anciens, l'éclipse par un charivari.

Morale : le vrai courage se cache pour se montrer ; le faux se montre pour se cacher.

Bravo, l'éclipse !

L'éclipse de la beauté.

Visible le matin. Avec l'aube les étoiles du ciel
s'éteignent, avec l'aube les étoiles de la terre pâ-
lissent.

Il est six heures, le bal tire à sa fin. Quelques
imprudentes seules ont entamé un dernier qua-
drille ; mais, à l'improviste, une main perfide a
ouvert une fenêtre : le jour, voici le jour !

Et la poudre de riz n'a plus de secrets ; le rouge,
le bleu, le noir perdent les bénéfices de l'incognito.

Que de romans commenceraient par la fin, si les éclipses de ce genre étaient plus fréquentes !

L'éclipse financière.

— Hé là bas ! Pas si vite, de grâce ! Souffrez qu'on vous regarde éclipser, planète de la spéculation.

— Laissez-moi, les recors sont à mes trousses !

— De grâce, une minute ! rien que pour édifier ou consoler les malheureux honnêtes.

— Plus vite ! plus vite ! Sauvé ! je suis à Bruxelles !

Oh ! la Bourse ! quel observatoire... pour les observateurs !

L'éclipse de la raison.

Du Panthéon on voit Bicêtre, et vice-versâ. Le génie et la folie sont mitoyens.

Priez pour les pauvres éclipsés !

L'éclipse dernière.

Oh ! par exemple, parlez-moi de celle-là !

Comme elle arrange tout, comme elle réconcilie tout! comme elle embellit tout!

Dès que vous décédez vous êtes parfait. Bon père, bon citoyen, bon époux ; voir les épitaphes. Vos amis vous regrettent au lieu de vous duper. Votre maîtresse vous pleure au lieu de vous berner, vos envieux vous exaltent, vos héritiers vous déifient.

— Ce cher oncle, ce cher-ci, ce cher-là! Il était beau, noble, grand, généreux, spirituel. Il était — parce qu'il n'est plus.

Puisse cette éclipse-là vous consoler des autres — dans une soixantaine d'années!

***

Un fragment de dialogue récolté avant-hier devant ce monument funèbre appelé la Morgue.

J'ai rarement entendu quelque chose de plus sinistre dans la naïveté.

Ils cheminaient à deux : un couple de bourgeois composé du mari et de la femme, s'en

allant sans doute faire une promenade au Jardin des Plantes et traversant sans prémédita-
tion le pont sur lequel est installé ce que Henri
Heine appelait le *Garde-Manger de la mort.*

Mais en apercevant la maison basse aux som-
bres soupiraux, le monsieur tomba en arrêt.

— Tiens, fit-il, si nous entrions?

Madame ne répondit rien.

— Entrons donc! reprit-il.

— Non, dit-elle alors, va, toi, tu me ra-
conteras.

V

V

En vérité, on voudrait cacher sous les dehors de la raillerie la tristesse profonde, qu'on ressent à l'aspect de l'empressement avec lequel le public accueille les plus sinistres pâtures. Sommes-nous donc démoralisés et matérialisés à ce point qu'il faille, pour réveiller nos émotions, des spectacles d'un féroce intérêt et l'arène où un gladiateur de la décadence va lutter contre des lions étiques?

Oui l'avidité populaire est insatiable. N'y a-t-il pas toujours sous jeu la chance d'assister à un carnage non prévu par le programme?...

Du temps de Louis-Philippe, ce fut un moment

un engouement unanime, et trois dompteurs fameux se disputèrent tour à tour les bravos des admirateurs.

Ces trois dompteurs furent : Martin, Carter et Van-Amburgh.

Il faut avouer que nous avons quelque peu dégénéré sous le rapport de l'audace appliquée à l'art des belluaires. Que de précautions ! que de grilles et de contre-grilles ! Il y en a toute une colonne dans les journaux qui se sont voués à ces descriptions.

Jadis, sur la scène même de la Porte-Saint-Martin, on vit des lions bondir presque entièrement en liberté. A un moment donné l'un d'eux s'élançait du haut d'un rocher et venait tomber, presque devant la rampe, aux pieds du dompteur qui donnait une suite à l'histoire d'Androclès.

Il y eut aussi la célèbre promenade de Van-Amburgh dans un char traîné par des tigres.

A la bonne heure, c'était là du pittoresque, mais je confesse qu'il m'est impossible de trouver aucun intérêt dans les séances de chambre, telles qu'elles nous sont données au Cirque. Cette caétge roite dans laquelle sont empilées de malheureúses bêtes rappelle fâcheusement les petits chariots dans lesquels on entasse les colis dans les gares de chemins de fer. Il y a à peine de quoi se remuer. C'est une macédoine, ce n'est pas un spectacle.

Est-il bien inutile d'ailleurs que ce genre d'exercice reste indéfiniment dans nos mœurs ? On a aboli la barrière du Combat ; on proteste journellement contre les combats de taureaux ; le domptage est-il plus fait pour former l'esprit et le cœur.

Vous m'objecterez que Sénèque, le tragique, a déclaré dans un vers célèbre que tout pouvait enlever la vie à l'homme, mais que rien ne peut lui enlever la mort. En conséquence, tout citoyen majeur et vacciné a le droit, au point de vue de la loi, de se suicider, de choisir pour l'accomplissement de ce suicide les dents d'une panthère au lieu du canon d'un pistolet.

Ceci n'est point une raison.

Si la chose se passait à huis clos, on n'aurait
rien à dire ; il est plus que probable, en effet,
que peu de gens s'en iraient en Afrique chercher
des moyens de destruction qu'ils ont à portée de
la main sous mille autres formes. Mais vous in-
vitez toute une population à venir regarder, et
dès lors on a le droit de se demander si le spectacle est sain.

De deux choses l'une, la férocité des animaux
domptés *ne laisse rien à désirer*, suivant l'expression restée célèbre d'une affiche de M. Arnauld.

Auquel cas il y a mystification complète ; car,
du moment où il est sans danger de pénétrer
dans les cages, vous n'avez pas l'ombre de prétexte pour demander deux, trois ou cinq francs
avant de faire ce que le premier venu ferait aussi
bien que vous.

Ou bien, au contraire, il y a un péril ; la mâ-
choire qui obéit aujourd'hui peut se révolter
demain, la griffe qui caresse peut déchirer, la
scène d'exhibition peut se changer en scène de
carnage.

Alors c'est différent, la mystification disparaît, mais l'insalubrité du spectacle commence.

L'homme, si policé qu'il soit, a conservé au-dedans de lui-même un certain nombre d'instincts féroces qui n'ont aucun besoin d'être stimulés. Les curiosités sanglantes font partie des défauts qu'on devrait combattre énergiquement, au lieu de les développer par la pratique.

Forcément vous êtes cruels envers l'homme que vous poussez dans la gueule du lion ou envers l'animal que vous poussez sous la cravache de l'homme.

Je me rappelle avoir vu, dans une ménagerie ambulante qui parcourait les foires, une scène hideuse : Un vieux tigre aveugle, rhumatisant, podagre, presque paralytique, était blotti dans un coin. C'était lui que le boniment de la porte qualifiait de terrible. Un individu en maillot malpropre s'approchait du valétudinaire et se mettait à taper dessus avec de si grands coups de bâton, que toute l'assistance s'écriait d'une voix :

— Assez ! assez !

8.

C'est révoltant, n'est-ce pas, cette violence exercée contre un invalide? Mais non moins révoltante est l'autre alternative qui amasse des gens et les décide à acheter à tel ou tel prix l'espérance de voir avaler un de leurs semblables.

Ce que j'en dis, c'est simplement pour poser la question de principe, et je ne suis, j'en atteste le ciel, animé contre les dompteurs d'aucune haine personnelle.

Je suis prêt à constater, au contraire, qu'ils sont, pour la plupart, d'excellents citoyens, bons pères, bons époux et le reste.

Car on aurait tort de croire que l'art du domptage pousse à la violence.

Charles, le fameux, celui qui avait des regards si terribles pour magnétiser sa troupe hurlante, était, dans la vie privée, timide comme une jeune fille.

Rappelez-vous la fameuse scène que j'ai racontée ailleurs :

C'était pendant la journée, à l'heure où le public ne donne pas encore. Une scène de jalousie avait éclaté à l'issue du déjeuner entre un montreur d'animaux féroces et madame son épouse.

La dispute était chaude.

Madame, ardente, l'œil émerillonné, invectivait monsieur, tout penaud, tout humble, tout tremblant.

Tout d'un coup madame, emportée par la colère, empoigne la cravache dont le dompteur se servait pour ses exercices et la brandit avec rage. Mon gaillard, épouvanté, prend la fuite et va se réfugier dans la cage même de ses bêtes.

Sur quoi l'épouse de pousser avec un dédain superbe ce cri du cœur :

— Faut-il qu'un homme soit lâche !

Ce que l'on se demande, par exemple, c'est par quel enchaînement d'idées un homme devant qui s'ouvrent trois mille carrières différentes peut en arriver à choisir celle-là ! Pouvoir s'établir bonnetier, bureaucrate, pharmacien, avocat, tapissier, commis voyageur, banquier, virtuose de café-concert, garçon de restaurant, chimiste, coiffeur ou dramaturge suivant les aptitudes dont on est doué, et dire : « Je suis dompteur! » C'est là, il faut en convenir, une préférence inexplicable.

Quant aux procédés employés pour arriver aux résultats désirés, résultats dans lesquels je ne compte pas, bien entendu, l'hypothèse des coups de dents, j'ai tenu à me renseigner à cet égard et voici ce que j'ai appris. Si quelqu'un de mes lecteurs veut utiliser les notes, je serai trop heureux de lui avoir été utile.

Pour le domptage, il n'en est pas de même que dans les autres affaires de ce monde. Le premier pas ne saurait se faire sans qu'on y pense. On doit même, ce me semble, réfléchir assez longtemps avant de se décider. Quoi qu'il en soit, la résolution prise, il ne s'agit pas d'entrer tout tranquillement dans la cage d'un carnivore, en comptant sur sa politesse empressée.

L'apprenti dompteur commence par procéder à l'abri des barreaux de la cage. Du dehors il agace, provoque, harcelle l'animal, puis quand celui-ci poussé à bout bondit pour essayer d'atteindre l'homme à travers les grilles, il le reçoit en lui tendant la pointe d'une baguette de fer préalablement rougie au feu. A ce contact, la bête tressaille et recule. On renouvelle l'expérience ; mêmes excitations, même brûlure, même retraite. Cela pendant une, deux, trois semaines, suivant la résistance ou les dispositions du sujet, et jusqu'à ce qu'il soit tombé de lassitude.

A ces exercices préliminaires doit s'ajouter, non pas comme on le suppose généralement, la privation de nourriture qui l'exaspérerait, mais au contraire une alimentation qui amoindrira ses appétits carnivores en les rassasiant.

Quand on juge que la préparation est à point, le dompteur, vêtu d'un costume amplement rembouré et le visage couvert d'un masque d'escrime de peur d'un coup de griffe imprévu, se présente au seuil de la cage. Au seuil, vous entendez. Si l'animal ne bronche pas à sa vue, il prolonge l'apparition. Sinon il le reçoit en lui tendant toujours la fameuse verge de fer rouge d'une main, de l'autre en tirant des coups de revolver qui le surprennent et l'étourdissent. En même temps, le mouvement ayant été prévu, la porte à coulisse s'ouvre derrière le dompteur qui se retire assez à temps pour ne pas se laisser atteindre.

La visite quotidienne augmente ainsi de durée avec le temps, et c'est alors qu'après le régime de l'intimidation, on vient au système des récompenses consistant, en distributions de bribes de viande à la suite d'un travail bien exécuté. Peu à peu la familiarité gagne du terrain, l'intimité s'établit, et l'on passe à un autre élève quand le premier est dressé.

Ce qui ne veut pas dire qu'il n'y ait pas de retours de naturel à craindre. Ces reprises de sauvagerie ne sont toutefois pas, ainsi qu'on l'imagine, de purs caprices de la part de ces bêtes fauves. Presque toujours, m'a assuré le maître de ménagerie de qui je tiens ces détails, presque toujours élles sont provoquées par une maladie' une indisposition. Les temps neigeux agissent aussi d'une façon toute particulière sur l'organisme de ces pensionnaires impressioʇsəqʋuu.

Pour compléter ce petit cours, j'aurais encore à parler de plusieurs autres procédés dans lesquels la barre de fer est remplacée par un billet de banque, un ruban, une menace, une passion, et cætera. Mais ici nous entrerions dans l'art de dompter les hommes et la chose nous entraînerait trop loin...

*
* *

Il est une institution qui est menacée en ce moment d'une destruction prochaine. Je veux parler des *voitures aux chèvres* qui firent les délices de notre enfance, des voitures aux chèvres qui encaissent sans qu'on s'en doute, une vingtaine de mille francs par an.

Les voitures aux chèvres ne figurent plus que sur deux points à Paris : aux Champs-Elysées et au Luxembourg. Mais la partie du Luxembourg dans laquelle cette poste enfantine avait établi ses relais est précisément cette avenue de l'Observatoire séparée des jardins et traversée par des rues. Que deviendra la voiture aux chèvres, au milieu de ces bouleversements ?

J'avoue franchement que si elle doit disparaître je la regretterai du plus profond de mon cœur ; cela pour une foule de raisons que je suis prêt à déduire, si le lecteur l'exige. La première, à cause des souvenirs de jeunesse qui s'y rattachent. Ce fut en vérité une des plus fortes émotions de ma vie, que celle dont je fus agité en posant le pied dans la calèche traînée par les mignons coursiers. Car c'était une calèche dans ce temps-là ! Plus tard symbole significatif de l'*égalitarisme* qui grandissait, à côté de la calèche s'est créé un omnibus ! De la démocratie jusque dans les jeux enfantins! La France tout entière est peinte dans ce menu détail.

Mais je reviens à mes moutons, — je veux dire à mes chèvres.

Quiconque n'y a pas, entre six et huit ans, passé par lui-même, ne peut pas savoir l'impression d'orgueil et de joie qu'on éprouve, quand d'une main on prend les rênes et que de l'autre on saisit le fouet, pour guider dans la carrière ce char en réduction.

Aussi ces réminiscences ne m'ont-elles jamais, depuis lors, laissé indifférent aux péripéties de la voiture aux chèvres. Oui vraiment, le mot péripéties n'a rien d'exagéré. N'ai-je pas retrouvé, il y a quelques douze où quinze ans, tenant en main les guides d'une de ces entreprises, un pauvre diable d'artiste qui, après avoir exposé jadis, en avait été réduit par la dureté des temps à cet expédient singulier ? N'est-ce pas encore dans une de ces voitures aux chèvres que j'ai vu pour la première fois une bambine de cinq ans qui devait devenir une des reines du demi-monde, sous un pseudonyme imagé ? Rien qu'à la façon dont, humble fille de concierge, elle faisait avec orgueil bouffer sa robe d'alpaga sur les coussins de l'é- quipage pour rire, il était facile de lui prédire que sa vocation l'entraînerait vers des splendeurs plus sérieuses...

Charles Nodier, l'ami de Polichinelle, était

9

aussi un des appréciateurs de la voiture aux chèvres. Plus d'une fois il conduisit lui-même, en
riant, des gamins qui ne se doutaient pas de l'honneur que leur faisait ce flâneur aux allures em-
preintes de bonhomie.

L'un des derniers entrepreneurs de voitures
aux chèvres, — ironie de la destinée, — est mort
l'année dernière, sous les roues d'une charrette.

Puissent ses successeurs continuer à exercer
paisiblement leur petit commerce! Ils sont si
rares de nos jours les équipages qui suivent leur
chemin sans écraser ni éclabousser personne!...

*
* *

Rien de plus curieux à observer que les environs de Paris en une saison de transition. De toutes parts, les fenêtres que l'hiver avait closes se
rouvrent une à une, afin d'aérer le mobilier cam-
pagnard qui dormait depuis la Toussaint dernière.
Le jardinier, sous la surveillance de Monsieur,
aille, plante, sème, prépare les massifs. Madame

est là pour donner son avis, — presque toujours contraire à celui de Monsieur ; car Madame aime le changement par-dessus tout. Cependant, en longues files, arrivent le dimanche par les trains du matin les bourgeois en quête d'une villa à louer.

Il faut les voir s'embourber dans les chemins de traverse que le paysan, cet ennemi intime, a eu soin de leur indiquer de préférence. Mais n'importe ! tandis qu'ils enfoncent jusqu'au genou dans la boue, ils ne cessent de répéter : « L'été, ce doit être un pays charmant ! » Car le rêve du bourgeois, c'est l'émigration à tout prix. Au meilleur confortable d'un bel appartement sur le plus large boulevard, il préfère une mansarde dans la plus laide des communes suburbaines — pourvu qu'il puisse dire : « J'adore la campagne ! »

Aussi, comme on le connaît, on l'honore. Les propriétaires des environs de Paris sont à leur poste et ont préparé leurs piéges depuis le commencement de mars.

Ils ont réponse à tout, les propriétaires des en-

virons de Paris. Vous plaignez-vous de ce que les
chambres à coucher sont au nord ? « Oui, au nord,
répliquent-ils, et vous en serez bien heureux
quand viendra la canicule. Ce n'est pas comme
mon voisin d'en face qui a toutes ses croisées au
midi. Une étuve! Trois locataires y sont déjà
morts de congestions cérébrales... »

Allez ensuite chez le voisin d'en face et feignez
de regretter l'exposition méridionale de son im-
meuble, aussitôt voilà un homme qui s'enflamme :
« Par exemple !... Est-ce qu'il y a autre chose de
possible à la campagne? Toujours du soleil ici ;
jamais d'humidité. Ce n'est pas comme la maison
vis-à-vis, où quatre personnes sont successive-
ment mortes de fluxions de poitrine. »

Décide si tu peux et choisis si tu l'oses !

Mais le plus plaisant de ces spectacles intimes,
c'est la scène de l'employé à qui ses moyens res-
treints et sa nombreuse famille ne permettent pas
les fantaisies coûteuses. A force de recherches et
après avoir battu la banlieue sur un espace de
vingt kilomètres, il finit par découvrir un second

étage à louer dans un chalet qu'on divise en deux. Le second étage se compose d'une pièce de moyenne grandeur et d'une cuisine. Sur quoi, notre homme se met à prendre bravement ses mesures :

— Nous disons : dans le coin, le berceau d'Adolphe... le lit de fer de Jules à gauche... au fond, Julie... Où installerons-nous notre quatrième, les jours de congé, quand il arrivera du collége ?... Bah ! on lui dressera un matelas sur la commode... Ah ! mon Dieu !... j'ai oublié la bonne... Impossible de la loger... Au grenier ; c'est juste... je n'y pensais pas... Voilà qui est entendu... Nous serons admirablement ici... Le matin, je prends le train de 7 heures 42... Je suis à Paris à 8 heures 15... Je saute en omnibus et j'arrive à mon bureau à 9 heures moins 12... Le soir, je reprends le convoi de 6 heures 27... Le temps de dîner, la nuit vient ; je me couche... et le lendemain je recommence. Il n'y a que la vie régulière et la nature pour reposer le corps et l'esprit !...

Telles sont les petites comédies qui se jouent en ce moment tout autour de Paris. Le prologue vaut la pièce, et pour peu que vous ayez quelques heures à dépenser, allez regarder passer à Meudon, Bellevue ou Bondy les monomanes de la vie champêtre — entre quatre murs. Et n'essayez pas de les railler, ils vous foudroiraient d'une réponse héroïque, analogue à celle du naïf bureaucrate à qui l'on demandait, puisqu'il était tout le jour à Paris, quand et où il pouvait respirer cet air des champs qu'il estimait si fort :

— Le matin et le soir, en wagon ! répondit-il fièrement.

S'ils sont heureux, ne les dérangeons pas.

*

Constatons que la liberté des voitures nous a donné quelques cochers consciencieux, comme l'atteste la belle réponse que voici : Hier je montais dans un remise. A peine étais-je installé que

je m'aperçois avec terreur des zigzags effroyables
que décrit le véhicule sous la conduite de son
automédon. Evidemment le malheureux est dans
un état d'ivresse avancé. Que faire ? Se résigner.
Tant bien que mal, j'arrive enfin à destination.
Mon homme trébuchant m'ouvre la portière ; je
le paie et vais m'éloigner, quand lui, me rete-
nant par le bras :

— Tenez, bourgeois, je crois que vous êtes un
brave homme... Vous m'avez donné dix sous de
pourboire, je veux reconnaître votre générosité
par un conseil d'ami... Regardez-moi bien, et si
vous me rencontrez jamais un lundi, ne me
prenez pas... Je suis toutes les semaines dans cet
état-là...

En cheminant le long des boulevards, j'ai entendu une demande et une réponse qui valent
vraiment mieux que toutes les inventions de la
fantaisie.

Personnages : Un couple bourgeois arrêté devant l'étalage d'un bijoutier. Madame cinquante ans ou plus, Monsieur à l'avenant.

— Le joli collier !... exclame-t-elle soudain... si j'étais jeune j'aurais voulu que tu me l'achetasse.

— C'est bon alors. Nous repasserons quand ça te sera revenu...

VI

9.

VI

La statistique a du bon et parfois elle vous fait de curieuses révélations.

C'est ainsi qu'hier je trouvais, dans un article fort complet sur le tabac, un renseignement qui m'a paru mériter la reproduction.

Savez-vous par approximation quelle somme produit, pour les industriels nomades qui l'exploitent, la revente des bouts de cigares ramassés à Paris seulement ?

Cette revente produit par an environ 52,000 fr.

Les bouts de cigares ainsi récoltés s'en vont à l'étranger, où des usines sont établies.

Là on vous nettoie, on vous hache la marchandise, qui ensuite redevient simple tabac à fumer ou sert à fabriquer des cigarettes vendues pour de purs produits orientaux.

Et comme j'avais encore l'esprit arrêté par ce détail bizarre des commerces inconnus, je me pris à songer à tout ce qu'il se ramasse et aussi se perd, ici-bas, de bouts de cigares en tout genre.

Prenez une existence, et défalquez-en toutes les minutes, tous les quarts d'heure dépensés en pure perte.

Attente dans les antichambres ; dialogues oiseux échangés au coin de la rue avec l'importun qu'on rencontre ; politesses banales et visites de cérémonie ; menues bribes non utilisées entre le travail et la promenade, entre la rentrée au logis et l'heure du repas, etc., etc...

Tout cela ce sont les bouts de cigares de la vie.

Bouts de cigares perdus.

Ah ! si à l'heure du grand départ on pouvait les rapprocher tous ! On en ferait alors un an, deux ans, cinq ans peut-être de sursis. Cinq ans qui ont été vécus sans le savoir, déchets qu'on n'a pas pris la peine de *ramasser !*

Et les bouts de cigares de la conversation !

Il en est — et plus d'un, je puis l'affirmer, — qui, à table, dans l'entraînement de la répartie, trouvent de charmantes choses qu'emporte le vent.

Celui-là, souvent la plume à la main, reviendra lourd, terne, flasque.

Pourquoi ne fait-il pas provision de ses bouts de cigares ? Pourquoi un sténographe n'est-il pas là pour les recueillir ?

Ce serait certainement plus tard le meilleur de son bagage.

N'oublions pas les bouts de cigares de l'art.

C'est tantôt un croquis jeté sur un coin de papier, tout en causant ; tantôt un bonhomme crayonné au mur d'une auberge, en un moment d'inspiration.

Ceux-là, aujourd'hui, on s'est mis heureusement à les collectionner.

Mais jadis que de trésors gaspillés! que de bouts de cigares dont on aurait pu dès lors tirer profit!

Pour ce qui est des bouts de cigares littéraires, c'est différent...

L'album est là, l'album, ce chiffonnier élégant qui ramasse tout, au hasard du crochet.

Grand bien lui fasse!

L'amour non plus ne laisse généralement rien traîner.

Les bouts de cigares, c'est un vieux ruban passé, un ruban ridicule et chéri, c'est une fleur fanée dont la hotte ne voudrait pas, mais dont le cœur veut bien, lui; car il la refait fraîche et parfumée.

Tant pis pour qui vit de ces bouts de cigares-là!

Le souvenir, c'est l'espérance à reculons... a dit un penseur.

Et une fois sur cette pente, j'aurais eu grande envie de ne pas m'arrêter. Mais je craindrais d'abuser de votre patience, et je tiens à ce que vous

ne fassiez pas de ces pages ce qu'on fait précisément du pauvre bout de cigare dont je viens de
vous parler...

De grâce, permettez-moi de soulager mon cœur
et de donner un libre cours à l'indignation qui
me suffoque. Il y a trop longtemps que je me
contiens.

Eh quoi! C'est bien vous, ô Parisiennes, c'est
bien vous, ô Françaises, qui vous êtes laissé im-
poser par l'Angleterre la mode hideuse, révoltante, déformante, horripilante qui sévit avec
toute la fureur d'une épidémie! Il n'y a plus de
femmes, il n'y a plus que des guérites ambulantes
dans les rues. Cela par la faute, par la très-grande
faute de cet abominable vêtement aussi grotesque que le nom qu'il porte.

On appelle cette chose sans forme, sans goût,
sans ligne, un *water-proof*. Peut-on rêver un in-

titulé plus ridicule pour une innovation plus sau-
grenue ? Avec le *water-proof*, plus rien de ce qui
fait le charme, de ce qui fait la grâce. Toutes les
passantes répondent au signalement de la fée Ca-
rabosse. Enveloppées, ficelées, entortillées dans
c e suaire de l'élégance, les belles et les laides, les
difformes et les séduisantes, les bancroches et les
bien faites sont toutes égales devant cet uniforme
odieux. On n'est plus un être humain, on est un
paquet qui marche. Cela rappelle la houppelande
des hôpitaux. Paris et bientôt les 89 départements
auront l'air de former bientôt une seule et même
Salpêtrière,

Prenez-y garde, mesdames, les modes ont l'air
depuis quelque temps d'être décrétées par les plus
disgraciées d'entre vous. Les chauves ont fait
triompher les faux cheveux pour toutes, les ridées
ont fait passer le blanc et le rouge dans les
mœurs; voici maintenant que les difformes sont
en train d'acclamer et de généraliser le *water-
proof*, cet emballage humain. Prenez garde, mesdames, votre réputation d'élégance, la renommée

de la France court de sérieux dangers. Perfide
Albion, voilà de tes coups!

Un appréciateur l'a dit avec raison et sans aucune intention de calembour.

— Le *water-proof*, c'est le Waterloo de la toilette.

.·.

Hier, comme je passais dans la rue Montmartre,
un monsieur s'est approché de moi et m'a glissé
dans la main un prospectus.

J'ai jeté machinalement les yeux sur ce carré
de papier, me figurant qu'il s'agissait de l'annonce
d'une *Revalescière* quelconque. Au lieu de cela,
je me suis trouvé en face d'une réclame qui prenait la peine de m'informer que les moines de
je ne sais plus quelle communauté viennent de se
mettre à leur tour à fabriquer une liqueur sto-
machique et apéritive — *Quosque tandem?*... Où
s'arrêtera la concurrence effrénée que se font les
débitants de pieux élixir? Passe encore pour le

premier, pour le second ; mais dix, mais vingt, mais trente ! La prose nous déborde. L'esprit de mercantilisme, de terre-à-terre, de commercialité envahit tout.

On vantait jadis l'austère foi des vieux monastères aux mystiques légendes. C'était plein de majesté contemplative. On ne se représentait qu'avec un frisson respectueux ces désillusionnés du monde, ces réfugiés de la vie terrestre, agenouillés dans l'ombre et le silence, devant leurs autels de pierre, devant les statues de marbre, aux paupières massives.

Pas un mot ne troublait la rêverie pieuse, pas un souffle ne dérangeait dans son recueillement le pénitent lugubre. A peine, quand il rencontrait un collègue, ses lèvres s'entr'ouvaient-elles pour lui murmurer d'un ton sépulcral : *Frère, il faut mourir*.

Et cela, en vérité, était empreint d'un caractère grandiose. Et cela avait imposé même à ceux qui ne partageaient pas les goûts de renoncements catholiques. Qu'a-t-on fait de ces élégies dévotes?

Regardez :

Dans un paysage banal et pommadé, entre un jardin potager et une prairie où l'on fait du drainage, s'élève un grand tuyau de cheminée en brique rouge. C'est le couvent-fabrique ; c'est le couvent-usine tel que le fait l'industrie moderne. Des religieux profondément inclinés sont là-bas immobiles. Probablement ils accomplissent quelque exercice de piété. Non ; ils surveillent avec attention un filtre qui ne marche pas.!

D'autres tiennent à la main des feuilles de papier qu'ils ont l'air de contempler avec ferveur. Probablement quelque mandement ou quelque prière ?

Non encore ! la feuille de papier est un nouveau modèle d'étiquette destiné à figurer sur les bouteilles livrées au commerce. On y voit un alambic environné de nuages. Allégorie et distillation !

De ce côté enfin un groupe est réuni. Echange-t-il la fameuse formule : *Frère, il faut mourir?* Pas du tout, on s'y raconte avec émotion que la dernière cuisson n'a pas réussi et que le sucre trop chauffé a tourné au caramel. Une perte de plus de 70 francs!

Je ne sais si vous partagez mon impression, mais cette impression-là n'est guère favorable. Pourquoi confondre ce qui doit être séparé? Pourquoi, quand on renonce aux choses du monde, y a-t-il une exception en faveur des alcools?

Hélas! si l'on voulait demander le pourquoi de toutes les choses dont on est témoin, jamais on n'en finirait.

Évidemment il y a là une lacune à fonder, comme disait un jour à la tribune un Calino politique.

Une institution dont nous réclamons l'établissement au nom de l'intérêt public et qui rendrait d'incontestables services, c'est l'*Hospice des Parents-Trouvés*.

En effet...

Que cet *en effet* ne vous épouvante pas, il ne sert pas d'introduction à une longue tirade. Rien qu'une démonstration en abrégé.

En effet, disais-je donc, nous avons dans nos principales villes de France un hospice des Enfants--Trouvés dont je proclame la pureté d'intention et l'excellence pratique.

Mais ce n'est vraiment point une raison pour ne pas se soucier de la vieillesse.

Vous avez lu l'histoire du Père Goriot.

Goriot n'est pas une exception. C'est un chef de dynastie de la souffrance. Il y aura toujours des Goriots, et plus nous allons, plus leur nombre s'accroît avec les déclassements perpétuels de la société moderne.

Celui-ci était un brave homme de paysan. Il s'est, comme on dit vulgairement, saigné aux quatre membres pour donner à *monsieur* son fils une éducation avec le baccalauréat de la fin.

Qu'est-il advenu?

Que *monsieur* le fils, dès qu'il a été bachelier

s'est mis à rougir de papa qui meurt la faim dans sa cabane, tandis que le petit se pavane sur le bitume.

Est-ce que vous croyez d'aventure que le bonhomme n'aurait pas droit aux invalides de la pudeur publique ? A l'hospice des Parents-Trouvés, ce martyr de la famille !

Cet autre était boutiquier. Il aunait du calicot ou pesait de la cassonade. Peu importe.

Il n'eut pas, lui, de velléités orgueilleuses. Il voulait faire de son descendant un marchand comme lui-même.

Mais l'héritier a voulu trancher du grand seigneur. Il s'est improvisé baron sans baronnie et millionnaire sans millions.

Un chevalier de plus dans l'ordre des Macaires !

Le papa a trois fois payé les dettes du drôle, qui continue à baronniser et à semer la graine de niais pour récolter des carottes dans les plates-bandes de la Bourse. La boutique, les économies, tout y a passé.

Et nul ne se soucie du dénûment touchant de cet autre martyr.

Vous voyez bien qu'il est urgent de l'ouvrir, l'hospice des Parents-Trouvés.

On y installerait tous les malheureux qui, après avoir sacrifié leur avoir à doter leurs filles, ont été mis à la porte ensuite par un gendre Benoîton.

On y installerait aussi les pauvres septuagénaires qui ont perdu les enfants qui étaient leur soutien.

Car il y a aussi les orphelins en sens inverse, les orphelins de la vieillesse.

On y installerait la mère de Sylvia, la courtisane qui a huit-ressorts sur rue, et château, et grooms, et diamants! Pauvre vieille! elle n'a plus la force d'aller carder les matelas en ville, et elle râle sur son grabat pendant que Sylvia éclabousse les passants de la boue du macadam et de la boue de son exemple.

On y installerait aussi la mère de Dolorès.

Une autre variété.

Bonne fille, Dolorès! Elle ne demande pas mieux que de nourrir l'auteur de ses jours. Seulement service pour service.

Elle veut que ce soit elle qui ouvre la porte et qui fasse entrer, comme dit Nadaud :

> L'artiste à gauche et le lion à droite
> Quand le banquier attend dans le boudoir.

Pouah !

La bonne femme, en qui restait vivante la dignité des cheveux blancs, s'est réfugiée dans une mansarde où le pain et le feu sont des compagnons trop intermittents. Avec l'hospice des Parents-Trouvés il y aurait au moins un lieu d'asile pour les maternités qui ne veulent pas se changer en complicités.

Comme vous le voyez, la société serait variée à l'hospice des Parents-Trouvés.

Mais ce n'est pas tout.

Comme il faudrait que la conscience publique y trouvât son compte, il serait nécessaire de publier chaque jour le tableau des *entrées* dans les journaux.

Vous comprenez comme ce serait instructif de lire :

« Aujourd'hui a été admise à l'hospice des Parents-Trouvés madame veuve Durand, mère de la demoiselle Durand, connue dans le monde sous le nom de comtesse de Champagnitas. »

Allons, un bon mouvement! On réglemente tout à notre époque. Réglementons un peu le scandale.

⁝

⸻Un mot d'Auber. Quand il n'y en a plus, il y en a encore.

Une sorte de gandin qui, grâce à ses écus, se donne le luxe de publier de temps à autre quelque opuscule puéril et honnête, s'était fait présenter au maître pour lui proposer un prétendu scénario.

Notre homme, très-fier de ses écus, commence par décliner ses titres pécuniaires.

— Vous comprenez, ma fortune me permet de

10

vivre sans travailler, seulement de temps en temps je fais quelque petite machine...

— Je comprends, dit Auber avec un sourire, c'est ce qu'on appelle des moments perdus.

.·.

On s'est souvent plu à fabriquer de prétendus mots judiciaires ; on a eu tort, car les vrais ont une saveur beaucoup supérieure. A preuve cette réponse que j'ai entendue de mes propres oreilles à la chambre des appels correctionnels, où j'étais allé pour voir juger un procès de presse. Auparavant comparut un aimable filou déjà condamné dix-neuf fois, et prévenu d'avoir dérobé un vieux paletot chez le brocanteur.

Le président commença naturellement par faire observer au prévenu qu'il ne comprenait pas qu'un récidiviste de sa force, dont la moralité n'était plus à contester, eût jugé à propos de prolonger d'un mois sa détention préventive pour un appel sur lequel il ne pouvait guère se faire illusion. Mais le vaurien se redressant fièrement :

— M. le président, j'ai été pris dix-neuf fois, c'est vrai, mais je ne voudrais pas faire rougir ma famille en étant condamné pour un vol de si peu d'importance...

VII

10.

VII

Ponson du Terrail a chanté *les Nuits de la Maison d'or*.

Les matinées ne sont pas tout à fait aussi gaies, comme vous l'allez voir.

La scène se passe en hiver. Huit heures du matin.

Un brouillard crépusculaire teinte d'un gris de deuil les objets d'alentour.

Dans la pénombre, de loin, on aperçoit sur le boulevard des formes étranges : ici des vieillards courbés par l'âge, là des pauvresses dont les vêtements s'effrangent par lambeaux.

Un tableau à la Calot.

.*.

Vieillards et pauvresses battent la semelle pour essayer de réchauffer leurs pauvres membres engourdis par la faim et par l'âge, en même temps que leurs yeux en arrêt sur un seul et même point épient à travers la vitre du restaurant les allées et venues des garçons qui préparent les tables et balayent les salles.

Ils sont là ainsi une dizaine, les privilégiés de la misère.

Et n'est pas admis qui veut à cette curée des restes.

Il faut des protections aujourd'hui pour ramasser les croûtes de pain tombées de la table du riche.

.*.

En vérité, le contraste est saisissant, et chaque fois qu'à cette heure matinale il m'est arrivé de passer par là, je me suis arrêté, pris malgré moi par la méditation.

Ici toutes les douleurs, là tous les luxes avec un simple carreau pour séparation.

O résignation humaine !

Ici les loques, là le couvert qui rit sur la nappe blanche. Ici la famine, là l'indigestion.

.*.

L'attente cependant se prolonge. Le chef a sans doute autre chose à faire.

Alors on voit se peindre sur les traits de tous ces malheureux une angoisse soudaine. D'un regard ils ont semblé se dire :

— Mon Dieu !... est-ce qu'on nous aurait oubliés aujourd'hui, ou d'autres venus avant nous auraient-ils emporté le regain des rogatons ?

Puis, comme il faut toujours que la douleur trouve une issue, les dialogues s'engagent.

On se raconte ses souffrances tout en grelottant.

Celui-ci, un ancien grognard, parle de sa blessure qui s'est rouverte.

Celle-là de son propriétaire qui l'a mise à la porte parce qu'elle devait une semaine de location...

Litanies lugubres!

*
* *

Mais voici que la porte s'est ouverte. Deux garçons portant la pitance ont paru.

Avec un élan fauve tous et toutes se sont précipités.

Fragments de petits pains dédaignés par l'estomac boudeur du petit crevé;

Pattes de poulet sur lesquelles la dent de la cocotte a oublié un lambeau, ayant sans doute à mordre dans quelque porte-monnaie voisin;

Détritus, résidus, macédoine!

* *

Je ne sais rien de plus sinistre que la joie avec laquelle sont accueillies ces épaves.

Comme il faut avoir faim !

* *

Or, c'était un matin du carnaval.

Le groupe des affamés était plus nombreux que de coutume. On savait que, grâce aux jours gras, il y aurait un supplément d'arlequins.

Parmi les nouvelles venues, à titre exceptionnel, j'aperçus une bonne femme à la tête branlante, qui s'appuyait péniblement sur un bâton noueux.

Cahin-caha elle s'était adossée à la muraille pour ne pas cheoir, tant elle était faible, l'infortunée, baissant la tête comme pour cacher son visage !

*
* *

Mais la distribution commençait.

Résumant dans un effort son courage et ses forces, elle s'avança, repoussée par les plus lestes.

Quand soudain...

Par l'escalier du restaurant descendait une soupeuse attardée. Son œil émerillonné avait des pétillements champenois. De ses lèvres légèrement empâtées sortait un rudiment de refrain grivois, quelque chose comme le *Pompier de Nanterre.*

La pauvresse à cette voix se redressa.

Ce geste attira l'attention de la soupeuse, qui tourna machinalement les yeux.

Tout cela se passa avec la rapidité de l'éclair.

— Tiens, maman !... fit la fille en montant dans le coupé qui l'attendait.

Le coupé partit... La vieille tomba la face contre terre.

Cinq minutes après il ne restait là qu'un sergent de ville disant placidement aux curieux assemblés :

— Circulez, messieurs !... Il n'y a plus rien à voir... On l'a emportée à la Morgue.

⁂

Vous n'êtes pas sans avoir vu, en voyage, attaché aux murs d'un hôtel meublé quelconque, le vieux et célèbre dessin qui représente cet excellent Hippocrate refusant, dans une pose mélodramatique, les présents du généreux Artaxercès. Hippocrate, je n'en fais pas de doute, a laissé parmi ses confrères de l'heure présente de nombreux héritiers du désintéressement qui lui a si souvent valu les honneurs de la peinture à l'huile et de la gravure en taille-douce.

Mais l'exception prouve la règle générale ; — et, dame ! il y a des exceptions à l'abnégation hippocratique. Entre autres le docteur X..., — une notabilité.

11

Le docteur X..., qui trouve que non-seulement la France, mais aussi l'étranger, doivent être assez riches pour payer sa gloire, n'admet pas que ses clients crient, même après qu'il les a écorchés.

Tout récemment, il avait eu à soigner un brave provincial venu à Paris exprès pour se confier aux bons offices du médecin en question. Les choses vont leur train, le docteur X... multipliant les visites, et la nature agissant pour l'aider dans la cure qu'il avait entreprise.

Au bout d'un mois, la guérison est achevée. Le docteur X... envoie, sans un jour de délai, sa note à son client.

Juste ciel ! à quels abus une science aussi cruellement exacte que l'arithmétique peut-elle servir !

La note s'élève au chiffre invraisemblable de... Je ne veux pas écrire le total, d'abord parce que vous refuseriez d'y croire, ensuite parce que le docteur X... se reconnaîtrait trop facilement dans le miroir de son addition fantaisiste.

L'infortuné provincial, ahuri par cette réclamation, ne fait ni une ni deux. Il plie vivement le papier, le glisse dans sa poche, saute dans une voiture et se fait conduire chez le médecin qui ne descend pas d'Hippocrate.

Après une pause d'une heure et demie dans les salons opulents, —ils pourraient l'être à moins, — la victime est enfin introduite.

Elle expose éloquemment ses griefs. Il doit évidemment y avoir une erreur, autrement comment expliquer...

Nullement. Il n'y a point d'erreur. Il est impossible en outre de rabattre un seul centime du prix fixe et invariable...

Ce que voyant, le patient se décide à se laisser exécuter. Il tire de son portefeuille le nombre de billets de banque nécessaires pour parfaire la somme, les dépose sur le coin de la table, salue et va pour sortir.

Mais le docteur X..., qui a compté consciencieusement après lui, le rappelle soudain, au moment où il a déjà la main sur le bouton de la serrure, et avec l'aplomb le plus admirable du monde :

— Pardon, pardon, cher monsieur... Vous avez oublié vingt francs pour cette dernière consultation !...

Du haut de ses pyramides d'écus, quarante mille livres de rente, et plus, le contemplent.

*
* *

C'était jeudi.

La femme d'un riche spéculateur se promenait au bras de celui-ci, attirant les regards par une profusion de nattes et de tresses qui prouvait que le faux peut quelquefois n'être pas vraisemblable.

Cette surcharge de chevelure, qui avait dû coûter fort cher, était emprisonnée, de peur de chute sans doute, dans un vaste filet.

— Un filet !... remarquait quelqu'un, mais c'est une mode vieille d'au moins deux ans...

— En effet, fut-il répondu ; mais, en sa qualité de financier, le mari de madame X*** ne doit aimer que les emprunts qui sont couverts.

La vie de luxe effréné qui fait des prosélytes dans toutes les classes de la société met trop souvent l'escroquerie au bout de ses joies.

On a beau faire une chasse acharnée à ces voleurs de bas étage qui prennent le lansquenet pour complice, la mauvaise graine continue à pulluler.

Dernièrement encore, un de ces impudents coquins s'était introduit dans une réunion honorable. On jouait à l'écarté — et l'audacieux personnage gagnait avec une persistance qui avait soulevé des défiances.

On l'épie, on l'observe, et on finit par le prendre sur le fait au moment où il faisait sauter la coupe.

Notre homme s'était sans vergogne donné pour un personnage d'importance, attaché à une cour allemande, ce qui avait pendant quelque temps écarté les soupçons. Mais il n'y avait plus de doute possible; au beau milieu d'une partie, son partenaire qui avait été prévenu se lève et tranquillement:

— Monsiéur, vous trichez.

— Monsieur...

— Pas d'esclandre inutile !

— Monsieur, c'est une indigne calomnie... Apprenez à qui vous avez affaire..., j'ai l'honneur d'être au service du roi de...

— Pardon, ne confondons pas, ce sont au contraire les rois qui sont à votre service.

Je vous laisse à penser au milieu de quelles huées le quidam fut obligé de quitter la place.

.*.

On a de l'esprit au Palais. A preuve...

On plaidait un de ces derniers jours un assez étrange procès entre artiste et client.

L'artiste, qui estime peut-être son talent à un plus haut prix que de raison, avait réclamé pour un portrait la somme de cinq mille francs. On lui en offrait tout juste la moitié, en s'appuyant sur des conventions antérieures.

Faute de s'entendre, force fut de porter le litige devant les tribunaux.

Maître C... — un des plus spirituels de nos jeunes avocats — plaidait pour la dame portraiturée et mécontente.

Sa plaidoirie commençait ainsi :

— Messieurs,

On a souvent fait l'éloge de notre adversaire, mais, nous sommes forcé de le reconaître, c'est un artiste dont on n'a pas encore assez célébré l'habileté de facture...

Terrible, ce maître C...

*
* *

Je ne veux pas finir sans saluer d'un remercîment, au nom des amoureux qui ont besoin du mystère, le nouveau projet de loi qui permettra d'envoyer incessamment des dépêches télégraphiques secrètes. C'est là une réforme réclamée depuis longtemps. On n'aime pas toujours à conter ses affaires à MM. les fonctionnaires, et tout le monde n'a pas le cynique aplomb du monsieur qui se présente un jour au télégraphe en disant qu'il veut annoncer à son père la mort d'un de ses frères.

— Monsieur, fait l'employé, prenez une feuille de papier sur cette table... Seulement vous savez que la dépêche ne doit pas avoir plus de vingt mots.

— Vingt mots! Il n'y a pas de danger. Je n'en ai que deux à mettre : « *Nous héritons.* »

VIII

11.

VIII

Nous allons bien !

Vous avez lu sans doute dans les journaux l'histoire de la trouvaille faite récemment sur la voie publique, dans une rue du vieux quartier Latin. Un passant aperçoit un portefeuille, il se baisse. Du portefeuille s'échappe une carte d'étudiant et une lettre.

La lettre commençait ainsi :

« Mon cher enfant,

» Avec les deux mille francs de pension que je te fais et les trois mille francs d'honoraires que tu touches à la préfecture de police... »

Il faut tout d'abord , pour avoir le courage de continuer, faire violence à la nausée et prendre son courage à deux mains, mais il y a là un signe du temps auquel il importe d'accorder l'attention qu'il mérite.

———

Donc voilà un père, en apparence bourgeois honnête, qui consent à ce que son fils devienne espion dès sa vingtième année ! Il se complaît, le digne représentant de la paternité, à l'idée que son rejeton obéit docilement à ses chefs, leur rend en conscience ses bons et loyaux services de Javert dévoué et accomplit son sacerdoce d'espèce particulière avec toute la finesse d'ouïe et toute la souplesse d'échine désirables !

Je ne crois pas me tromper en affirmant qu'à aucune des époques antérieures il n'aurait été possible de trouver ni un tel père, ni un tel fils.

Un tel fils surtout !

La jeunesse d'autrefois avait des défauts, des vices même ; mais du moins elle professait assez le respect de soi et le mépris de l'argent pour ne pas descendre à de pareilles extrémités. Vous représentez-vous, à toute heure de sa vie, la situation de ce malheureux qui a vendu pour trois mille francs à la police ses illusions, ses convictions, ses rêves, ses espérances, ses aspirations, ses gaietés, ses élans ? Vous représentez-vous cette existence terrible sur laquelle plane sans cesse la carte de Damoclès ?

Le voilà, je suppose, au milieu de ses camarades, ce triste délaissé volontaire, dont le cas, je veux le croire, n'est qu'une monstrueuse exception.

Les propos joyeux circulent autour de la table ; il va, emporté par la fougue de son âge, se laisser aller à l'entraînement général, quand tout à coup le ressouvenir de son métier se présente à sa mémoire.

Plus de rire; il faut être sérieux dans ces fonctions-là. Il faut pincer la bouche et ouvrir l'oreille; il faut résister à soi-même pour surveiller dignement le prochain.

Une autre fois, il a été sur le point de sentir son cœur battre. N'est-ce pas de son âge, et la nature peut-elle entrer dans les combinaisons d'avenir de ce monsieur à l'esprit trop positif? Mais tout à coup une voix a murmuré à son oreille :

— Défie-toi ! l'homme qui aime est bien près de n'être plus maître de lui. Qui sait ? peut-être Lisette abuserait-elle de son pouvoir pour t'arracher des secrets d'Etat. Dans tous les cas, ton exactitude en souffrirait sans doute, et tu serais capable de manquer l'appel un de ces matins. Défie-toi. Tu n'as pas le droit d'être jeune, mon garçon : la carrière que tu as choisie s'y oppose.

Avouez que voilà trois mille francs bien durement achetés à cet âge, et qu'il est besoin de pous-

ser bien loin le culte de la pièce de cent sous pour
passer sous de telles fourches caudines !

Mais à côté des considérations personnelles à
cet inconnu, qu'on demande au ciel de ne jamais
connaître, un autre ordre d'idées s'est présenté à
mon esprit.

Quel genre de service peut-on bien attendre
d'un espion qui sort à peine de l'enfance? Que
doit-il raconter de si intéressant ? Que les jeunes
gens sont d'humeur frondeuse et conservent, à
travers toutes les épreuves dont ce siècle a été
prodigue, le culte de la liberté et la foi démocra-
tique? En vérité, si c'est pour un tel résultat
qu'on solde l'anonyme au portefeuille, c'est là un
traitement placé à fonds perdus.

Pour en savoir tout autant, il n'y a qu'à écouter
battre tout haut le cœur des écoles.

En dehors de cela, il m'est impossible de me
figurer ce que peut bien écrire un *reporter* du
quartier Latin.

Si pourtant.

Il est probable que ses constatations étranges doivent prendre à rebrousse-poil la logique habituelle, et donner lieu aux déductions les plus bizarres.

Si je ne m'abuse, il est probable qu'on doit lire dans les documents qui émanent de cette plume zélée quelque chose comme ceci :

RAPPORT NUMÉRO 624

« Ma journée a été aujourd'hui laborieusement remplie. D'autant plus laborieusement que j'ai dû passer la nuit.

» Il y avait, en effet, bal masqué à Bullier, et comme c'est dans le déshabillé carnavalesque qu'il est possible de mieux surprendre les pensées intimes, je n'ai eu garde de manquer cette fête nocturne.

» Je suis heureux de le constater, tout ce que j'y ai vu et entendu m'a donné une entière satisfaction.

» Les jeunes gens qui se trouvaient là levaient la jambe à une hauteur qui m'a pleinement rassuré sur l'état de leurs préoccupations politiques. Des hommes qui conspirent ne sauraient danser un avant-deux avec une telle ardeur, ni faire le cavalier seul sur les mains avec une semblable désinvolture.

» Autour des tables, les demoiselles du quartier accomplissaient à souhait leur besogne abrutissante.

» Le punch flambait; les propos grivois rebondissaient ; tout enfin dénotait un état de choses parfaitement inoffensif. Vers trois heures du matin, j'ai fait une tournée pour voir comment les soupeurs conduisaient les parties fines.

» Je suis heureux de pouvoir dire que presque partout j'ai trouvé les cerveaux dans un état d'ivresse qui m'a comblé de joie. On ne boit pas ainsi lorsqu'on pense à comploter.

» En conséquence, j'ai l'honneur de terminer ici ce rapport par l'assurance nouvelle de l'entier dévouement avec lequel j'ai l'honneur d'être... »

———

Eh bien, non ! si l'anonyme du porte-feuille écrit ainsi, il se trompe et il trompe.

Nous avons en effet traversé une période durant laquelle la bière et le cancan ont pris trop d'empire sur la jeunesse menacée d'une irrémédiable décrépitude.

Cette période de transition est close. Le *petit-crevéisme*, qui de la rive droite avait gagné la rive gauche comme une gangrène, n'exerce plus maintenant que des ravages isolés.

Les jeunes gens ont recommencé à penser et à regarder la vie sous son aspect austère. Partout, dans le monde des écoles, c'est un renouveau. On lève moins la jambe, on relève plus la tête.

Les grands problèmes sont à l'ordre du jour dans les conversations, qui ne roulèrent un moment que sur les exploits de Chinchinette ou sur

le baccarat taillé la nuit précédente dans la
chambre d'Alfred.

———

Saluons cette aurore nouvelle, car il était temps
vraiment qu'elle éclairât l'horizon. L'esprit français a failli se noyer dans un bock ; mais il est
sauvé désormais.

Quant au bon jeune homme qui perd ses porte-
feuilles sur la voie publique, puisse l'aventure le
faire réfléchir, ainsi que monsieur son père.

S'ils ont l'un et l'autre l'esprit **véritablement**
pratique, ils comprendront, quoique un peu tard,
qu'ils ont fait fausse route et que ce n'est pas
pour cette branche d'industrie qu'a été fait le
cri : *Place aux jeunes !*

* *

Comme vous l'avez pu remarquer, le
nombre a grandement diminué de ces portraits-
charge qui, pendant près d'un an, ont tapissé

tous les étalages de libraires. Si vous voulez en savoir la raison, je vais vous la dire.

C'est parce que la censure est devenue de plus en plus difficile et exige maintenant que la personne caricaturée donne elle-même son visa, non plus avant comme autrefois, mais après avoir vu la caricature. Dès lors, plus de fantaisie possible, surtout en ce qui concerne les portraits féminins.

Vous ne vous doutez pas des susceptibilités qu'on rencontre, quand on entreprend de porter une légère atteinte à la forme du nez ou de la bouche d'une jolie femme.

Notre ami Altaroche nous racontait l'autre jour, à ce propos, une histoire tout à fait amusante. C'était sous Louis Philippe.

Le *Charivari* voulut faire la charge de mademoiselle Plessy, alors dans l'éclat de sa radieuse beauté! Comme la charmante actrice était une amie de la maison, on lui demanda, par déférence, son autorisation qui n'était point exigible alors.

Accordée avec enthousiasme; seulement on demanda à voir au préalable le dessin avant qu'il parût. Ainsi convenu, ainsi fait. Un matin on apporta à mademoiselle Plessy l'épreuve demandée. Profond silence ; elle la tourne, la retourne.

— Est-ce que cette ligne n'est pas un peu... ? Ne trouvez-vous pas que les yeux...? Il me semble que les oreilles...

Bref, il était visible qu'elle brûlait de retirer l'autorisation, mais qu'elle ne l'osait faire.

Comme on tenait à lui être agréable, on devança son désir. Mais attendez la fin, car il y a une fin.

Huit jours après, la caricature paraissait... avec le nom de mademoiselle Brochart, autre actrice de la Comédie-Française, et, ceci est le bouquet, elle fut trouvée par tout le monde frappante de ressemblance !

.˙.

Peut-être en arrivera-t-on à demander par la quatrième page des journaux les grands hommes comme on demande les employés de bonne tenue.

La preuve de cette pénurie de héros, c'est que les villes de province s'en vont chercher un tas de bourgeois obscurs pour leur élever des statues. Tout maire qui a rendu un arrêté sur l'échenillage est menacé d'avoir dans la postérité son marbre ou son bronze ; tout écrivain de quatrième catégorie est revendiqué par sa ville natale. A l'horizon, j'aperçois encore deux ou trois inaugurations de ce genre.

Ah ! s'ils pouvaient parler tous les pauvres défunts qu'on écrase sous les poids de lauriers aussi tardifs qu'immérités, je suis sûr qu'ils seraient les premiers à dire à leurs admirateurs attardés :

« Mes chers amis,

» Vous êtes pleins de bon vouloir, mais le zèle vous emporte. Certes, je conçois combien il est ennuyeux pour une ville de n'avoir pas un concitoyen à qui élever une statue, lorsque d'un bout à l'autre de la France la manie du bronze et du marbre sévit avec une violence fatale. Mais ce n'est pas une raison pour que de pauvres défunts qui n'en peuvent mais, payent au prix de leur

tranquillité les satisfactions de l'amour-propre
local.

» Mes chers amis, il ne faut pas réveiller les
réputations qui dorment. On nous a fait dans le
temps une petite notoriété, honnête et modérée.
Depuis lors, personne n'ayant plus songé à nous
lire, nous avons continué à jouir tout tranquillement de nos fragments d'illustration.

« On cite — nos noms seulement bien entendu
— dans les histoires littéraires à l'usage des pen-
sionnats de demoiselles. Nous avons dans les bi-
bliothèques des personnes âgées une place douce
d'où l'on ne nous dérange jamais. Bref, nous sommes en possession d'un fragment de gloire tombé
dans le domaine public.

» Qu'allez-vous faire, mes chers amis ? Du bruit
autour de nous ! Mais alors quelque curieux est
capable de se dire : Voyons un peu ce qu'ont fait
ces génies en l'honneur de qui se taille le moellon ?

» Si un curieux se dit cela, mes chers amis, et
qu'il ouvre seulement un de nos volumes, nous

sommes des célébrités perdues. Les critiques à
court de copie fondent sur nos mémoires, éplu-
chent nos pauvres livres vieillots et cassés; jon-
glent avec nos phrases sans odeur ni saveur. Bref,
c'en est fait de nous.

» Donc, mes chers amis, passez votre chemin,
je vous en supplie, et allez chercher ailleurs des
gens qui aient envie d'apothéose. »

Ainsi parleraient, j'en réponds, tous ces infortunés, si l'on daignait les consulter. Mais on ne
les consulte pas.

.·.

Dans les salons, on s'adonne comme de plus
belle à tous les petits jeux d'esprit qui ne de-
mandent que la collaboration d'un morceau de
papier et d'une plume : *jeu du secrétaire, jeu des
définitions, jeu des étymologies.*

Ce dernier est le plus en vogue pour le moment,
et voici en quoi il consiste. A l'improviste, on
vous lance une question posée sur un carré de pa-

pier, et immédiatement il faut répondre de vive voix au pourquoi investigateur. Heureux ceux qui, ayant l'improvisation facile, trouvent sur commande des répliques spirituelles.

C'est ce qui est arrivé, l'autre soir, dans le salon de madame de B...

On avait posé précisément à la maîtresse de la maison elle-même cette question :

— Pourquoi appelle-t-on certaines parures en diamants des *rivières?*

Et de répondre :

— Parce que souvent la vertu s'y noie.

IX

IX

C'était sur un des rares pans de mur disponibles encore, ou bien peut-être sur une de ces clôtures en planches, providence de l'afficheur, que les démolitions de S. M. Haussmann Iᵉʳ font pulluler dans tous les quartiers.

L'affiche était jaune, de moyenne dimension, et au beau milieu, on lisait en gros caractères ces mots passés de mode depuis longtemps.

On demande des remplaçants

Et je ne sais ni pourquoi ni comment, mais cette légende du vieux formulaire, ramenée par

12.

la nouvelle loi militaire, me semble soudain se détacher de la muraille et venir à moi comme pour forcer mon attention.

Et je me pris à songer que c'est bien vraiment la devise que notre époque devrait adopter, car elle résume avec une terrible précision la situation stérile avec laquelle nous nous débattons impuissants.

———

On demande des remplaçants!... La voilà donc revenue, la phrase antique et consacrée que l'exonération avait un instant proscrite; avec elle je revois les enseignes du vieux temps avec le conscrit enrôlé par le sergent devant la porte du cabaret traditionnel.

On demande des remplaçants!... Mais ce n'est pas seulement aujourd'hui pour le service militaire que la formule est opportune. Ce n'est pas seulement pour l'alimentation des canons et des chassepots que les remplaçants sont demandés!

C'est pour toutes les carrières que devrait être poussé à la fois, avec une déplorable unanimité, ce cri d'alarme et de disette.

Ce qu'il n'est malheureusement que trop facile de prouver.

————

On demande des remplaçants !... Commençons, si vous le voulez, par les régions de la politique officielle.

Dernièrement on enterrait M. Troplong, excellence sénatoriale, qui s'en est allé rejoindre là-haut ou là-bas ses collaborateurs d'antan, ceux qui s'appelèrent Walewski, de Morny, Billault, Mocquart, Bineau, Ducos, Saint-Arnaud et *tutti quanti.*

Et déjà on cherche partout des yeux quel sera l'héritier du fauteuil curule.

Et l'on s'aperçoit, non sans surprise, que le recrutement ne se fait plus depuis longtemps.

Les places sont pourtant bonnes, lucratives, séduisantes. N'importe ! Les successeurs ne se présentent pas. Le second empire est comme l'agriculture. Il manque de bras ; il manque aussi de têtes.

De temps à autre, on essaye de parer à la pénurie par quelque tentative d'acclimatation.

La semence ne veut pas lever. Tout aboutit à un fruit sec.

D'autres fois, c'est à l'aide d'un croisement qu'on cherche à repeupler les régions officielles. On s'adresse à un Émile Ollivier. Mais ce croisement avorte avant même la fin de l'expérience, laissant sur le bord du chemin le croisé, stérilisé pour jamais.

Après quoi recommence à retentir plus haut dans le désert (*clamans in deserto*, dirait Janin) la voix de l'avenir qui soupire :

— *On demande des remplaçants ?*

———

On demande des remplaçants !... Dans les sphères démocratiques aussi, ce cri-là est et doit être à l'ordre du jour.

C'est que les bonnes intentions ne suffisent pas, c'est que les services rendus ne suffisent pas non plus. Les combattants dont la voix tombe et dont l'ardeur s'éteint doivent céder la place aux troupes fraîches.

Ici, Dieu merci, ce ne seront pas les jeunes qui feront défaut.

On en a vu quelques-uns entrer déjà dans la carrière. Mais il faut maintenant que les aïeux, les vénérables et vénérés comprennent qu'ils ne doivent plus rester dans cette carrière et d'eux-mêmes aient le courage patriotique de dire :

— *Nous demandons des remplaçants !*

———

On demande des remplaçants !... Pauvre, pauvre poésie !

Tu les vois succomber un à un, tes vaillants !

Musset partit le premier, Musset qui ne se survivait plus que par la bête. Puis ce fut le tour de Vigny, puis Lamartine (nous en pleurons encore) est allé rejoindre ses frères de gloire.

Seul, Hugo le Grand reste debout sur la brèche, inébranlable et serein.

Mais quand il ne sera plus là, Hugo le Grand... dites,... qui ramassera les armes du géant?

Et l'écho de répondre : Personne.

Elle sonne lugubrement cette réponse de l'écho, car elle veut dire :

— La matière a trop bien pris sa proie pour que ceci ne tue pas cela. Le 3 0/0 est Dieu et les coulissiers sont ses prophètes. Au diable l'idéal, vive la prime dont deux sous! Lamartine, oui, du talent!... Mais combien me prenez-vous de *zincs de la Vieille-Montagne* fin courant?... Toutes les *Méditations* pour une hausse de 50 centimes...

A quoi le bon peuple français, peuple d'*agio*, fait lugubrement chorus.

Comment voulez-vous qu'on entende ensuite la voix délicate de la poésie qui gémit en son coin délaissé :

— *On demande des remplaçants !*

On demande des remplaçants!... Où? Partout,
dans le monde littéraire.

L'histoire a perdu Augustin Thierry ; le roman a perdu Balzac, Sue, Soulié ; il est vrai
qu'il a trouvé Feydeau. Direz-vous que ce soit
une compensation? Le direz-vous?

La philosophie n'engendre plus que des œuvres châtrées par le bistouri du cléricalisme.

Sauf la comédie qui se défend, quelles misères, jusques et y compris le journalisme, où les
Carrel et les Proudhon sont doublés par Chose
et Machin!

On demande des remplaçants !... Pour l'art,
c'est un appel des condamnés :

Delaroche? Mort!

Scheffer? Mort!

Delacroix? Mort!

Paul Huet? Mort!

Ingres? Mort!

Pradier? Mort!

David (d'Angers)? Mort!

Je ne me sens pas le courage de continuer.

Quelques-uns combattent encore le bon combat; mais ce sont pour la plupart de vieux débris des grandes luttes qui marchent au déclin.

Et quand ils n'y seront plus? Remplaçants, où êtes-vous?

———

On demande des remplaçants!.. La grande finance elle-même a perdu les hautes traditions. Son Rotschild est mort.

On demande des remplaçants!.. A tous les degrés de la hiérarchie intellectuelle et sociale, c'est le *desideratum* désolant, l'aveu d'impuissance lamentable. Nous sommes un pays en jachère.

On demande des remplaçants!... On demande des remplaçants!...

.·.

Une terrible coquille prise dans un journal qui, selon la mode actuelle, réunit pêle-mêle les nouvelles les plus dissemblables dans une sorte de macédoine d'actualités, où l'on passe à tout instant du grave au doux, du plaisant au sévère.

Deux paragraphes relatifs, l'un à une affaire financière, l'autre à la maladie d'un *gentilhomme de high-life* se suivaient, mais séparés par un trait. Malheureusement le trait placé trois lignes trop bas réunit le commencement du paragraphe n° 2 à la suite du paragraphe n° 1.

Et chacun peut lire avec ébahissement :

« L'assemblée des actionnaires de la Compagnie de... a tenu hier sa séance, dans laquelle elle a confirmé à M. X., gérant, ses pouvoirs et l'expression de sa confiance.

« Encore un exemple des ravages que produit le ramollissement !... »

Pour le coup, voici un signe des temps. On savait déjà que le mot le plus à la mode (toujours après le mot fusil à aiguille) était le mot expro-

13

priation ; mais on n'avait pas encore pensé à en faire une institution. Or, savez-vous ce que j'ai vu ce matin aux vitres de toutes les librairies ? L'annonce d'un nouveau livre intitulé : *Le Manuel des expropriés.*

Le Manuel des expropriés, comme on dit le manuel de l'architecte , le manuel de l'ingénieur, le manuel du parfait bottier. Etre exproprié devient une position sociale, une véritable profession. Le fait est que je connais des gens qui l'ont été déjà trois ou quatre fois de suite... Je ne suis pas curieux outre mesure, mais je ne serais pas fâché de connaître le contenu de ce livre bizarre; je me figure qu'il doit renfermer de bien curieuses recommandations. Si j'avais été chargé de sa confection, j'en sais plusieurs que je n'aurais pas manqué d'y insérer. Par exemple : *Article premier.* A l'époque où nous vivons, tout habitant d'une grande ville ne doit tenir ni aux traditions du passé, ni à ses souvenirs de famille : — *Article deux.* Tout habitant d'une grande ville doit être convaincu que ces choses-là se remplacent par une petite indemnité, dans un siècle où l'argent tient lieu de tout. — *Article trois*.....

Complétez vous-mêmes.

*
* *

Je ne sais si je m'abuse sur le compte du peuple français, mais il me semble que la danse n'est plus ce qu'il aime.

La danse, chorégraphiquement parlant, bien entendu.

Jadis c'était différent, souvenez-vous-en, ô vous **qui** avez vu quels regards flambaient autrefois derrière les lorgnettes des habitués de l'orchestre, quelles convoitises exaspéraient l'attention, suivant pas à pas (c'est le mot) les tibias de ces dames.

Il y avait, les soirs de premières d'un ballet, de la poudre de cantharides dans l'air.

Aujourd'hui, — je n'en veux pour preuve que l'attitude du public; — aujourd'hui, l'indifférence du pacha blasé a succédé aux fiévreuses surexcitations. On contemple d'un œil insouciant, on applaudit nonchalamment, on n'a plus enfin l'air

de croire *que c'est arrivé*. Ou plutôt c'est **arrivé**
trop souvent, et voilà pourquoi la satiété est venue.

Le mollet qui s'exhibe naïvement, académique-
ment, a perdu son prestige depuis l'invention des
robes à retroussis et du cancan. Que nous importe la jambe de la petite H... quand nous pou-
vons, au coin de toutes les plages, admirer *in ex-
tenso* la jambe de la comtesse X... ou de la du-
chesse de Z... ?

L'été tout entier se passe en exhibitions des
produits de la nature combinés avec les produits
de la bonnetterie.

.˙.

David dansait devant l'arche; certains journaux religieux y cancanent.

Ainsi toutes choses se tiennent; ainsi l'on pourrait formuler une cent unième édition d'un proverbe trop connu et décréter :

— Dis-moi comment tu danses, je te dirai qui
tu es.

Voilà pourquoi, — j'y reviens, — voilà pourquoi les entrechats quelque peu solennels et com-passés des ballets de l'Opéra ne peuvent guère plus passionner le public masculin.

A la bonne heure, les bonds épileptiques des gigueuses anglaises qu'a exhibées la Porte-Saint-Martin, ou les frétillements au vif-argent que chaque soir une salle enthousiasmée fait bisser au temps des revues! A la bonne heure!

Une comparaison fera mieux comprendre ma pensée.

L'Opéra déjà nommé a récemment changé son diapason. Ce qu'il a fait pour le chant, le goût de la foule (est-ce bien *goût* qu'il faudrait dire?) l'a fait pour la danse.

Les enlacements des lascives willies produisent l'effet d'un verre de sirop d'orgeat dans l'estomac d'un buveur d'absinthe sur les contemporains de Frisette, de Turlurette et d'Alice la Provençale.

On veut bien admettre encore ces divertisse-ments à l'état d'intermèdes; mais comme corps de spectacle cela deviendra, si je ne me trompe, de plus en plus difficile.

C'est comme qui dirait un dîner exclusivement composé de crèmes à la vanille, de crèmes à la pistache, de crèmes au café, de crèmes au chocolat.

Et toujours des crèmes !

Jugez un peu quelle sensation après un usage infiniment trop prolongé des sauces piquantes.

Avis aux chorégraphes !

*
* *

Parmi les victimes des accidents de glace du dernier hiver a figuré un spéculateur fort connu à la Bourse ; je dis fort, je ne dis pas avantageusement. Notre homme en effet passe pour ne brasser que des affaires véreuses.

Ce qui ne l'empêchait pas, l'autre jour, de faire des grâces sur le lac. Soudain un craquement se fait entendre, c'est une crevasse ; notre boursicotier éperdu pousse un cri :

— A moi, je vais enfoncer !

— Qui ça ? fit un patineur voisin.

Le spéculateur était trop occupé à se dépêtrer
pour entendre.

*
* *

Les homœopathes et les allopathes se sont
réunis, cette année, dans des repas de corps, —
séparés bien entendu, sans quoi la porcelaine aurait été en danger. Tandis que les représentants
de l'une de ces deux sectes, — je ne vous dirai
pas laquelle, — étaient en train de boire à la santé
de la médecine et aussi, j'espère, de leurs mala-
des, les promeneurs apercevant des fenêtres brillamment éclairées s'arrêtaient pour regarder.
Passe par là B..., l'auteur dramatique, qui s'informe. On lui explique de quoi il s'agit.

— Très-bien, fait-il en s'éloignant. Je comprends : c'est un banquet dont nous sommes les
Girondins.

X

X

C'était hier.

Je me trouvais dans un salon où il était question d'un jeune homme portant un nom officiel,
et dont on commentait l'avancement plus que
rapide.

Et là-dessus un monsieur grave, de l'aspect le
plus vénérable, un vieillard dont toute la personne
sentait le conservateur forcené, de la pointe de la
cravate blanche à l'extrémité des souliers à boucle, hocha la tête d'un air pénétré, et marmota
avec componction entre ses dents :

— Oh ! c'est un garçon qui ira loin celui-là, il a
de si belles protections !

Ce mot du monsieur à cheveux gris, nous l'a-
vons tous entendu répéter cent mille fois autour
de nous par des gens qui paraissaient ne pas
même soupçonner qu'on pût y trouver à redire.
La façon dont ils le prononçaient respirait la béa-
titude la plus candide; ils avaient véritablement
l'air de parler des rites solennels et consacrés d'un
culte quelconque.

Eh bien, morbleu! je suis las, pour ma part,
d'ouïr sans cesse autour de moi ce propos qui, par
sa naïveté même, fait ressortir plus cruellement
encore le degré de décadence morale auquel nous
sommes descendus.

———

Il a des protections! Expression révoltante
dans son cynisme anodin! cri du cœur de la dé-
moralisation qui n'a plus conscience d'elle-même:
Il a des protections!

Bien entendu, ceux qui s'en vont clamant sur
le mode admiratif cette solennelle bêtise qui est
aussi une solennelle malhonnêteté, ne se soucient

que médiocrement de l'égalité proclamée par le Code en son premier paragraphe.

L'égalité! il en est d'elle comme de la fameuse caisse dont parla un jour M. Picard au Corps législatif. — Pourquoi une nouvelle caisse? demandait une voix.

— Pour la vider, cria le spirituel député.

— Pourquoi le principe de l'égalité? pourrait-on demander de même.

— Pour le violer, répond la pratique constante des choses et des hommes.

Ce n'est donc pas sur ce terrain effondré par trop de crevasses et de secousses gouvernementales que j'entends porter le débat. C'est sur le terrain de la probité pure et simple, terrain passablement mouvant aussi, mais dont tous les jalons n'ont pas encore, Dieu merci, été arrachés.

Or donc, vous, monsieur le conservateur, daignez me prêter cinq minutes d'attention.

Cinq minutes d'attention, durant lesquelles tous vos semblables voudront bien écouter et profiter, s'il est possible.

A coup sûr, monsieur, vous êtes ou plutôt vous croyez être le prototype de l'honnêteté matérielle. Vous payez régulièrement votre terme, à moins que, côté plus réjouissant encore, vous ne soyez de ceux qui font payer les termes aux autres. Vous acquittez vos contributions, vous ne devez rien à vos fournisseurs, peut-être même assistez-vous régulièrement à la messe le dimanche et êtes-vous abonné au *Constitutionnel* ou au *Public*.

Avec cela vous vous croyez plus qu'en règle avec les devoirs de la vie présente et les récompenses de la vie future, et, en toute occasion, vous êtes prêt à vous mettre la main sur la poitrine en vous disant à l'oreille :

— Je suis le modèle des hommes de bien.

Il faut avouer que nous sommes bien loin de compte, cher monsieur, car je vais entreprendre de vous prouver que vous êtes capable d'agir comme un filou.

Tout beau, de grâce, ne roulez pas ainsi des yeux effarés, ne brandissez pas le poing, ne prenez pas à témoin la Providence qui ne signe pas d'attestations de complaisance et souffrez que je continue.

Je le sais et point ne le conteste, monsieur, à la seule idée de glisser vos cinq doigts dans la poche d'un passant pour en extraire un mouchoir ou un porte-monnaie, vous bondissez d'horreur, votre être se révolte tout entier, et une aimable rougeur vient colorer vos pommettes. Mais il y a filouteries et filouteries, comme il y a fagots et fagots, et les plus graves ne sont pas toujours celles qui tombent sous le coup de la police correctionnelle ou de la cour d'assises.

C'est au nombre de ces filouteries impunies, de ces filouteries dont on se vante même, que je range le chapitre des prétentions, au sujet duquel j'ai l'honneur de vous entretenir en ce moment.

Vous ne prendriez pas, c'est convenu, cher monsieur, dix centimes dans le gousset d'autrui, mais vous y prendrez plusieurs milliers de francs avec une sérénité ineffable.

Comment cela? Oh! c'est bien simple. Voici deux concurrents en présence, l'un, votre neveu, je suppose, à vous qui êtes déjà rentier ou fonctionnaire grassement rétribué, chaudement appuyé; l'autre, fils d'un pauvre diable qui s'est saigné aux quatre membres, comme on dit vulgairement, afin d'élever ce brave garçon dont, à force d'efforts et de privations, il a fait vraiment un homme.

Votre gracieux neveu et lui se disputent, par voie de concours ou par toute autre voie, une place de deux mille quatre cents francs, je suppose. Votre neveu est un aimable petit crevé dont l'ineptie ne laisse absolument rien à désirer, qui parle javanais comme un maître, connaît par leur petit nom les mollets de toutes les figurantes des bouis-bouis d'alentour, escompte consciencieusement votre héritage chez les usuriers, et traîne d'inutilité en paresse votre nom qu'il porte, malheureusement pour vous.

L'autre jeune homme, je vous l'ai dit déjà, est un loyal travailleur qui veut et qui peut. La place qu'il souhaite, il la remplira mieux que personne, il y a cent fois droit, mille fois droit.

C'est alors, monsieur, que vous, le conservateur, le représentant de la vertu, du bon ordre, de la propriété sainte, de la famille immaculée, vous vous mettez héroïquement en campagne pour tâcher d'obtenir, à force d'influences, qu'on dépouille annuellement celui qui les mériterait des 2,400 fr. disputés, cela au profit de votre ramolli précoce, qui ira grossir le nombre des non-valeurs administratives.

Et vous prétendriez qu'il n'y a pas là une véritable escroquerie? Et vous osez, sans pudeur comme sans remords, vous rengorger ensuite et crier :

— Mon neveu l'a emporté, grâce à ses protections!

Ce qui équivaut absolument à dire :

— Admirez-moi, je suis un adroit voleur !

Et n'équivoquons pas, s'il vous plaît, monsieur.
N'allez pas insinuer que votre neveu peut être un
garçon de mérite, lui aussi, et avoir des droits à
la place que vous emportez par trahison ! Si cela
était, vous êtes bien trop l'ami de votre repos pour
prendre la peine d'aller, Champignon de la flat-
terie, moisir de longs jours durant sur les ban-
quettes des antichambres.

Si votre neveu était vraiment capable, vos
démarches deviendraient grotesques comme une
Calinotade. Elles restent odieuses parce que, neuf
fois sur dix, vous ne faites manœuvrer vos protections que par embuscade, recourant à la fraude là
où la victoire ne saurait être conquise vaillam-
ment.

———

Mais ce n'est pas tout, cher monsieur, je vous ai
démontré qu'on pouvait devenir voleur sans s'en
douter. Quel ne serait pas votre stupéfaction si je
vous démontrais maintenant qu'on peut aussi

devenir assassin sans le savoir? Toujours par le même procédé.

Rien de plus exact pourtant.

Il ne s'agit pas seulement en effet de places et de faveurs bureaucratiques. Les protections sont une panacée, on les applique à tout ; même aux résultats des examens de nos écoles en général, et de l'école de médecine en particulier.

Pour peu qu'on connaisse la cousine de la nièce de la femme d'un examinateur, on remuera ciel et terre pour arriver à déterminer ledit examinateur à octroyer le parchemin de docteur à l'ignare qui, selon l'expression consacrée par vous-même, a *de belles protections*.

Vous m'avouerez pour le coup que la plaisanterie dépasse les bornes et que je n'avais pas tort en parlant d'assassinat. Car, que font les protections en pareil cas?

Elles viennent tout simplement dire :

— Je vous présente monsieur, il ne sait pas ce qu'il devrait savoir. Les bocks de l'estaminet ou la Tulipe orageuse de Bullier ont absorbé le temps qu'il aurait dû consacrer à l'étude. Mais il appartient à la famille X... ou à la famille Y... On a besoin qu'il soit docteur pour le marier. Une affaire superbe. Un placement magnifique. En conséquence, vous voudrez bien donner à l'imbécile ci-présent pleins et entiers pouvoirs de couper, tailler, rogner, purger, empoisonner et mettre à mort sous toutes les formes ses semblables, sans jamais être inquiété par aucun juge d'instruction.

———

En vérité, peut-on rien imaginer de plus révoltant ? En vérité, ne vous étonnez pas si mon cœur se soulève et si ma colère bouillonne quand j'entends comme l'autre soir tomber des lèvres d'un Prudhomme souriant cette abominable phrase :

— Il arrivera ! Il a de si belles protections !

Car alors se présente à ma pensée un long cortége de ruines amoncelées, un lugubre amas de cadavres empilés.

Ce sont toutes les victimes des protections qui,

vengeresses, répètent avec cette variante mena-
çante la formule connue :

— Protecteurs, ceux que vous avez dépouillés
ou tués ne vous saluent pas !

.·.

Tout est dans tout, prétend l'axiome. Les
petites causes et les grands effets s'enchaînè-
rent de tout temps ; pourquoi les petits effets et
les grandes causes ne s'enchaîneraient-ils pas
aussi ?

Nous sommes littéralement envahis par un
déluge de joujoux militaires, et les jours de l'an
maintenant pourraient s'appeler la landwehr des
étrennes. Les devantures des boutiques ont des
airs féroces, ce ne sont que des fusils à aiguille
de poche, shakos de carton, sabres de fer-blanc.
Le Constitutionnel doit être content ; les fabri-
cants de jouets entreprennent de réveiller l'esprit militaire chez les mioches de trois ans ; c'est
la conscription Darbo !

En apparence, ce petit détail peut paraître fu-
tile ; en réalité, il me paraît fort peu à l'honneur
du progrès et de la civilisation, qui vient dire à
des marmots aussitôt qu'ils peuvent comprendre
la parole :

— Tu vois bien, mon petit ami, ces machines-
là ? C'est avec cela qu'on tue ses semblables :
dépêche-toi d'apprendre à t'en servir, parce que
quand on a tué beaucoup de ses semblables, on a
le droit de porter toutes sortes de rubans sur la
poitrine.

Non, bien franchement, ce n'est pas là le genre
d'instruction gratuite et obligatoire que nous
avons rêvé pour notre temps. Mais attendons la
fin, qui ne saurait heureusement être fort éloignée.
Espérons qu'un jour viendra où les marchands de
joujoux, mieux inspirés, s'aviseront de confec-
tionner à l'usage de la jeunesse de petites char-
rues, de petites machines agricoles ou indus-
trielles et autres menus objets concernant l'art
d'être utile et non l'art d'être redoutable.

*
* *

Vous avez entendu dire et répéter sur tous les tons que toutes les denrées augmentent dans des proportions déplorables. En voici une preuve nouvelle. Gémissez sur le sort des pauvres âmes du purgatoire ; on vient d'élever le tarif des messes qu'on célèbre pour leur repos moyennant une somme versée dans les sacristies. Les petites bourses devront se condamner et condamner leurs parents à ne jamais voir la porte du paradis. Nous avouons que, malgré tous nos efforts, il nous est impossible de comprendre les motifs de cette hausse, car enfin la matière première ne doit pas avoir augmenté.

*
* *

Deux de nos ingénieurs français, élèves de l'École Centrale, viennent de partir pour la Judée, où ils vont diriger les travaux du chemin de fer déjà commencé là-bas et dont une section va être ouverte. Un chemin de fer ! La station de Bethléem ! Le buffet du Golgotha ! O progrès voilà de tes coups !

⁎

Un compositeur de mérite, trouvant que ce mérite n'était pas suffisamment apprécié par les éditeurs, a imaginé de faire entendre ses œuvres d'abord et de les vendre ensuite, séance tenante, aux enchères publiques. Si la chose était d'avance sûre de réussir, tout serait pour le mieux et la littérature ne tarderait pas à son tour à tâter du procédé.

Rien de plus simple. Un auteur ferait une conférence dans laquelle il lirait une nouvelle, je suppose ; la nouvelle lue, il mettrait à l'encan le droit de l'imprimer. Mais voici le revers de la médaille : Supposez qu'il ne se trouve pas d'acheteurs ou qu'une voix impitoyablement déri-

soire s'avise de crier : — J'en donne un franc!...
Voyez-vous le malheureux auteur ou l'infortuné
artiste contraint de faire l'article comme un
commissaire-priseur et d'apostropher le public
en disant :

— Comment! messieurs, vous ne voyez donc
pas la marchandise? C'est écrit comme par un
académicien! Pas une faute de français!... Comment! mesdames, veuillez faire attention à ce
que vous marchandez. Cette *Rêverie* est irréprochable. Les harmonies en ont été contrôlées au
Conservatoire. Avec cela, très-facile de doigté...
Qui met cent sous de plus ?

Décidément, je doute fort qu'un semblable système fasse école. Trop de gens ont intérêt à ne
pas se laisser coter publiquement ; le marteau de
ces enchères frapperait au cœur trop d'illusions.

Je ne veux pas enjamber le fameux mur de la
vie privée.

14

Pour échapper, grâce à un faux-fuyant, **nous** substituerons au nom véritable de la personne dont il est question une initiale préservatrice.

Mettons Y...

Y... donc, écrivailleur de mauvais aloi, n'est pas plus agréable à voir qu'à lire. Petit, rabougri, avec des épaules précocement voûtées, il ressemble assez à un Triboulet littéraire.

Et comme il passait hier sur le boulevard promenant son arrogante impuissance :

— Voyez donc, dit un confrère, quel joli bossu ferait cet Y... s'il avait de l'esprit.

*
* *

Toujours le jeu, toujours les joueurs.

Allez donc essayer avec vos réglementations de mettre un frein aux débordements de cette passion qui déjoue tous les obstacles et se rit de tous les empêchements ! Depuis plusieurs années le baccarat et le lansquenet étaient le point de mire de toutes les attaques; ce que **voyant**, on

s'est décidé à donner satisfaction aux réclama-
tions et déclamations. Le lansquenet et le baccarat vont être réformés.

A cette nouvelle, les gens vertueux vont pousser un soupir de satisfaction. Enfin la morale
triomphe donc !... Attendez, ne vous réjouissez
pas trop vite ; on a simplement inventé, pour les
remplacer, un jeu nouveau où l'on perd des sommes encore plus importantes. Voici comment ce
jeu est décrit dans un journal :

« Chaque joueur dépose devant lui une pile de
pièces de vingt, de quarante, ou même de cent
francs, et à tour de rôle chaque joueur laisse
tomber sur sa pile une nouvelle pièce, jusqu'à ce
que l'équilibre se rompe ; celui qui reste le dernier gagne tout l'or qui reste sur le tapis. »

Est-ce assez ingénieux et n'est-on pas forcé
d'admirer une si charmante invention ? Mais
qu'importe le moyen quand le but reste le même
pour le joueur ? La passion domine tout.

Dans une colonie anglaise, cette passion avait
exercé des ravages tellement cruels que le gou-

verneur rendit une ordonnance prohibant toute
espèce de jeux (cartes, dominos, loto, etc.) sous
les peines les plus rigoureuses remprisonnement
et amendes terribles.

Contre la force il n'y a pas de résistance, dit le
proverbe. Les habitants se rendirent donc. Plus
de parties engagées. Le gouverneur, radieux, se
frottait les mains ; seulement au bout de quelque
temps on remarqua que les jeunes gens se pro-
menaient toute la journée, deux par deux ou
quatre par quatre, traçant à la dérobée de petites
barres sur des carnets, et bientôt le bon gouverneur apprit que nombre d'entre eux s'étaient
ruinés encore plus vite qu'avec les anciens systèmes. Ces messieurs, en effet, avaient trouvé
un procédé nouveau pour perdre leur argent :
le jeu des brunes et des blondes.

Les deux adversaires qui voulaient engager
une partie tiraient au sort dans un chapeau,
avant de sortir de chez eux, le mot *brune* ou le
mot *blonde* tracés sur deux papiers. Puis ils se
mettaient à parcourir les rues, pointant la cou-

leur des cheveux de chaque passante. Celui que
le sort avait favorisé en lui faisant rencontrer le
plus grand nombre de brunes ou le plus grand
nombre de blondes, empochait une somme consi-
dérable au bout du quart d'heure fixé d'avance.

Allez donc, après cet exemple, vous mettre en
travers du torrent!

Ce que je dis du jeu proprement dit s'applique
aux loteries connues sous le nom de poules. On
a défendu les grandes agences. Que se passe-t-il
à chaque course? On voit maintenant sur le
turf de braves gens qui offrent aux ponteurs dé-
sorientés de tirer un numéro dans un petit sac
ou dans leur coiffure. Si vous consentez, on ins-
crit votre nom sur un carnet, après vous avoir
fait au préalable verser vos cent sous ou vos dix
francs. Tant pis pour vous si, le moment du gain
arrivé, vous ne trouvez pas vos gaillards qui ont
prudemment joué des jambes.

En conscience, si ce qu'on appelle moraliser
les poules consiste à favoriser les opérations des
filous, la solution est étrange.

14.

Quant à ce qui est de l'*alea*, on n'en viendra pas à bout. C'est un des instincts le plus profondément incrustés au fond de la pauvre nature humaine. Si vous aviez consulté à ce sujet le père Martin, le doyen des croupiers qui vient de mourir, il vous aurait raconté l'histoire suivante :

C'était dans je ne sais plus quelle maison de jeu publique.

Au moment où la partie était engagée avec frénésie, on entend la détonation d'une arme, et la cervelle d'un des assistants saute sur le tapis vert.

Or, savez-vous quelle fut l'oraison funèbre ?

Un autre joueur, qui était sur la couleur rouge depuis trois coups, se leva furieux, et s'écria en frappant la table du poing :

— Que le diable l'emporte ! il a coupé la série !

XI

XI

Il est impossible d'ouvrir un journal depuis quelque temps sans y rencontrer avec des variations l'alinéa que voici :

Une révolution, qui se trame au Jockey-Club, aurait pour objet, paraît-il, de remplacer notre sombre costume des cérémonies, le costume tiers-état, l'habit noir enfin, par le frac de couleur claire, le gilet de satin blanc et la cravate de dentelle.

Chacun de lancer son quolibet au costume actuel : celui-ci s'indignant de ce que le même habit sert aux bals et aux enterrements ; celui-là se

courrouçant parce que tout le monde, aujour-
d'hui, est à peu près vêtu de même ; un troisième
déclarant que le tuyau de poêle doit être rem-
placé par le chapeau à plumes, qui nous rendra
infiniment plus séduisant.

Or çà, franchement, toutes ces redites et toutes
ces sornettes excèdent les limites de la patience,
et il est plus que temps de crier : *Assez* !.à ces
rabâchages qui, à l'encontre du soulier de l'Au-
vergnat, sont à la fois ridicules et encombrants.

———

Mettons tout de suite hors de cause les petits
détails. Si le tuyau de poêle est odieux, il y a
quelque chose de plus odieux encore, c'est l'insis-
tance avec laquelle on nous corne aux oreilles
cette plaisanterie qui sent le rance. Tuyau de
poêle ! Celui qui trouve cette charmante formule,
si bonne opinion qu'il ait de lui-même, ne pouvait s'attendre à ce que des générations entières
se transmissent sa plaisanterie de huitième catégorie. Tuyau de poêle ? Eh bien, oui. Aimeriez-

vous mieux un chapeau de charbonnier? Non,
pardon, j'oubliais que c'est le chapeau à plumes
que vous rêvez.

Ah! les jolis chiens savants que nous ferions
avec ces oripeaux sur la tête! Comme ces pa-
naches flotteraient agréablement au vent sur
l'impériale des omnibus!

Voyez-vous d'ici à la devanture des cafés tous
ces généraux Boum prenant leur demi-tasse!

Ce serait, en vérité, une terrible revanche
qu'il prendrait, le tuyau de poêle, et nous le
vengerions cruellement de sa déchéance par le
spectacle grotesque que nous offririons. Est-ce
qu'on doit être joli à notre époque? Est-ce que le
costume a le droit de tenir tant de place dans
une société que les problèmes de l'avenir poussent
en avant l'épée dans les reins?

————

Et ici, nous entrons avec un autre ordre de
considérations dans le cœur même du sujet.

Il faut manger pour vivre et non vivre pour
manger, a dit la sagesse des nations. Il faut aussi

s'habiller pour vivre et non vivre pour s'habiller. Que les femmes passent devant la glace le temps qu'elles pourraient donner plus utilement à la famille, c'est déjà un assez grand fléau ; mais que les hommes se mettent de la partie, et pensent à s'affubler de satin blanc comme des mignons de feu Henri III, voilà qui serait trop insensé.

Est-ce que vous vous imaginez, par hasard, qu'ils ne savaient pas ce qu'ils faisaient, nos pères, ces braves fils de la Révolution, quand ils ont réformé en même temps la manière de gouverner les hommes et la manière de les vêtir ?

Est-ce que vous ne comprenez pas que ceci fut solidaire de cela ? Est-ce que vous ne comprenez pas que l'égalité extérieure marche de pair avec l'égalité dans les lois ?

De quoi vous plaignez-vous, s'il vous plaît ?

De ce que tout le monde est vêtu de la même façon ! Mais c'est le plus bel éloge que vous puissiez faire de ces simples morceaux de drap, que peu à peu le progrès met à la portée de tous. Pourquoi ne pas tout de suite demander à qu'on rétablisse les catégories somptuaires ne permettant qu'aux privilégiés tel ou tel luxe spécial, telle ou telle prodigalité inepte ?

Ah ! mon habit ; que je vous remercie ! Grâce à un pourpoint accommodé selon la formule et rehaussé de broderies hiérarchiques, on était sûr de faire figure dans le monde.

Inutile alors de chercher à se distinguer par sa valeur propre. Inutile de faire montre d'esprit et de talent ; n'achetait-on pas la considération et l'importance chez le bon faiseur à raison de tant l'aune ?

Eh bien ! c'est précisément parce que nous avons changé tout cela que nous sommes en droit de nous réjouir. Tant pis pour les beaux muguets et les freluquets d'alentour ! Quelques effort d'excentricité qu'ils déploient, c'est à peine s'ils peuvent aujourd'hui se différencier du dernier venu. S'ils sont bêtes, ils n'ont pas la ressource de faire diversion à l'aide d'un ruban ou d'une collerette. Bêtes, ils apparaissent dans toute leur

15

platitude, et l'indifférence de tous les envoie croupir dans leur coin.

Brave habit noir, on nous a repris assez des conquêtes de 89. Qu'on nous laisse du moins celle-là !

Gilet de satin blanc ! velours par-ci ! culotte courte par-là ! Ils veulent rire, ceux qui parlent de ces résurrections fossiles.

Ils n'ont donc jamais regardé leurs petits et grands crevés de contemporains. Nous sommes, par ma foi, une race de trop mal bâtis pour de pareilles exhibitions de formes.

Le besoin d'une exposition universelle de tous les cagneux des 89 départements ne se fait nullement sentir.

Autrefois c'était différent, nous nous en souvenons. Autrefois l'absinthe, les petites dames et la vie à outrance n'avaient pas encore passé par là, déformant les épines dorsales, étiolant les jambes rachitiques, rentrant les poitrines tuberculeuses.

Mais aujourd'hui, quand les conseils de révision, qui cependant ne sont pas bégueules et ont tant faim de conscrits, sont forcés de réformer vingt-cinq hommes sur cent, ce serait une prétention par trop outrecuidante que de vouloir restaurer les modes d'un passé moins atrophié que notre pauvre présent.

———

Qu'ils aillent donc au diable les réformateurs !

Sois-moi fidèle, ô vieil habit que j'aime, chantait Béranger.

Il est noir pour les bals, noir pour les enterrements. Où est le mal? Les uns sont-ils donc beaucoup plus gais que les autres? Il est niveleur de castes; c'est son devoir. Il est accessible au plus grand nombre, c'est une qualité de plus.

Qu'ils aillent au diable les réformateurs avec les travestissements satinés et les étoffes à chamarrures!

Ce n'est pas dans cette direction que le monde marche, Dieu merci. Il tourne le dos à tous les souvenirs de l'ancien régime, à tous les mono-

poles. Vous avez presque l'air de traiter le costume égalitaire de guenille. Guenille soit ! **mais**
guenille nous est chère, parce qu'elle atteste que
l'homme ne se mesure plus à l'aune de ruban.

On n'a déjà que trop ressuscité de falbalas,
de mises en scène, de broderies, de galon-
nades.

Passez votre chemin, vous qui rêvez de nous
ramener aux *polichinelleries*. Le carnaval est
fini. La rue elle-même n'en veut plus, ce n'est
pas pour lui donner refuge dans la maison de
Jacques Bonhomme.

⁎
⁎ ⁎

Les expositions se suivent et se ressemblent.
Après les concours des artistes qui veulent aller
à Rome, les envois des artistes qui y sont et qui
désireraient peut-être vivement en revenir. Ce
sont, d'ailleurs, toujours les mêmes procédés sen-
tant l'école, c'est-à-dire le banal et le convenu.

Et pourtant il y aurait une bien curieuse exhi-

bition à faire avec les envois de Rome ; mais il
s'agirait pour cela de prendre des choses à un
tout autre point de vue. La Rome artistique
est sue par cœur; la Rome politique est malheureusement trop ignorée encore. Quels renseigne-
ments pour le public !

Je vois d'ici le coup d'œil qu'offrirait cette collection instructive.

Ici, le carrosse d'un cardinal, où tant d'or se
relève en bosse, pour montrer aux naïfs comment
les gros bonnets du cléricalisme pratiquent le
vœu de pauvreté. Là, trois ou quatre petits
israélites enlevés à leurs parents par la méthode
Mortara, pour montrer à ces mêmes naïfs comment on entend, *ad Majorem Dei gloriam*, le respect des droits de la famille. Plus loin, des représentants des ordres monastiques qui vivent de
l'exploitation permanente de l'aumône, pour at-
tester comment on traite la dignité humaine là
où la mendicité est érigée en institution. Plus
loin encore, les dossiers de quelques-uns des in-
terminables procès qu'embrouille, sans les dé-

nouer jamais, une législation toute composée
d'arbitraire et de privilége.

Rien ne serait plus aisé que de compléter ce
programme; le seul obstacle à la réalisation de
mon projet viendrait peut-être de la difficulté de
trouver une salle assez grande pour loger un
échantillon de tous les abus qui fleurissent à
l'ombre du pouvoir temporel ; mais cette difficulté ne serait qu'accessoire et il vaudrait la peine
de la vaincre, car il importerait plus qu'on ne
le pense de soumettre à l'appréciation des connaisseurs ces envois de Rome de nouvelle espèce.
Les voyageurs ont beau nous rapporter des récits
détaillés de ce qu'ils ont vu dans la ville éternelle,
on a peine à croire aux énormités qu'ils racon-
tent. De la façon que j'indique, au moins, on ferait
toucher ces énormités du doigt une bonne fois
pour toutes.

⁎⁎

J'étais en train de rêver au moyen de me faire
conférer des titres de noblesse ou octroyer tout au

moins le ruban d'un ordre quelconque, et dans ce but je cherchais un procédé pour tuer, dans le moins de temps possible, le plus grand nombre de mes semblables. Vous savez, en effet, que c'est là aujourd'hui le chemin le plus court pour arriver à la fortune et à la gloire. Donc, j'étais en rain de rêver au moyen en question, quand un de mes amis a brusquement pénétré dans mon domicile. Mon ami tenait à la main deux papiers qu'il me tendit aussitôt ; j'avançai le bras, et comme j'allais les déplier : — Sans prétendre, me dit-il. m'en faire accroire, j'ose affirmer que je t'apporte là deux trouvailles. A toi d'en tirer parti au profit de tes lecteurs. Regarde et déguste.

Je regardai, et voici, je vous l'affirme sur l'honneur, ce que j'ai vu. Est-il admissible qu'au dix-neuvième siècle, après que tant de grands esprits ont travaillé à éclairer les imbéciles, on soit encore dupe de superstitions semblables à celles qu'atteste le premier des papiers qui m'ont été remis!

Ce papier est une prière imprimée et probablement autorisée pour le colportage. S'il ne s'agissait que d'une formule pour appeler la miséri-
corde divine, notre époque a tant de choses à se
faire pardonner que je n'y verrais pas grand mal.
Mais ma condescendance finit là où commencent
le charlatanisme et l'exploitation. Il paraît qu'il y
a prières et prières, comme il y a fagots et fagots. Celle-ci appartient à la catégorie médicale.

Un avis dont elle est accompagnée déclare aux
populations qu'il suffit de coller un exemplaire
de cette oraison sur sa porte pour être à jamais
préservé du choléra !

Admirez, je vous en prie, l'art de cultiver la
peur et de s'en faire des revenus. Car c'est là le
monstrueux, on en débite et par centaines et par
milliers de ces litanies préservatrices. Une seule
chose me surprend, c'est qu'on n'ait pas encore
songé à étendre ce commerce. Pourquoi, par
exemple, n'imprimerait-on pas des *Oremus* sur
taffetas d'Angleterre ? Quand on aurait un rhumatisme, crac, on appliquerait sur le lombago un

Pater ou un *Ave.* Dévotion et pharmacie, quels touchants amalgames !

Ce n'est pas tout; je vous ai prévenus que deux documents également curieux m'avaient été confiés. Le second, corollaire du premier, est un exemplaire d'une affiche qu'on peut contempler en ce moment sur toutes les murailles de Paris. L'affiche invite les amateurs à un pèlerinage pieux, accompagné d'indulgences plénières. La Terre Sainte ayant semblé un but trop éloigné et trop périlleux, on s'est rabattu sur Saint-Cloud...

Plaît-il?... Vous avez parfaitement lu, c'est bien Saint-Cloud que j'ai écrit. Cette fête, qui jusqu'ici n'avait été célèbre que par ses mirlitons, ajoute un attrait à ses programmes. En partant par le bateau à vapeur du Pont-Royal, on va tout droit à son salut. Un franc la place pour le paradis, c'est bon marché.

Eh bien, franchement, ce mélange du profane et de la fantaisie ne me paraît pas destiné à donner une haute idée de la piété contemporaine. En toute conscience et sans vouloir nuire à l'entreprise, ceux qui viennent de créer le *pèlerinage de Saint-Cloud* n'ont pas heureusement choisi. A la bonne heure les miracles de la Salette; c'est loin et par conséquent à l'abri des contrôles importuns. Mais à Saint-Cloud ! les Parisiens sont sceptiques en diable, surtout quand ils ont savouré la gibelotte et le suresne. Et d'ailleurs, le côte-à-côte des joies foraines n'aurait-il pas dû suffire à détourner de cette innovation malencontreuse? Les croyants affirment qu'on a retrouvé les restes véritables de Saint-Cloud en personne; je veux bien être de leur avis, seulement il fallait choisir alors un autre moment pour honorer les dépouilles de ce bienheureux.

Vous représentez-vous la journée d'un promeneur partagée ainsi entre le ciel et la terre? A midi sauver mon âme; à une heure manger une matelotte; acheter trois chapelets et une douzaine de sucres d'orge, avoir donné vingt sous pour l'entretien des reliques et dix sous pour une partie de chevaux de bois...

Nous doutons qu'à Rome même on ait jamais

réuni aussi étroitement le spirituel et le temporel. Quelle imprudence ! Rapprocher ainsi les
miracles des phénomènes, c'est presque inviter à
prendre les uns pour les autres.

**

Ce fait judiciaire est garanti historique. Il date
à peine de quelques jours.

C'était devant la police correctionnelle.

Comparaissait un ouvrier terrassier prévenu
d'avoir, dans une rixe, porté un mauvais coup à
un camarade.

Les noms et prénoms sont demandés.

Après quoi le président, interpellant le terrassier candide :

— Accusé, quels sont vos moyens de défense ?

— Mes moyens de défense ?... Les v'là !...

Et notre homme de montrer au président ses
deux poings rugueux !...

*
* *

Eh, parbleu ! un mot appelant l'autre, je vous recommande celui-ci qui fut dit hier. On parlait à un de nos financiers, connu pour la causticité de son esprit, d'une compagnie qui va, dit-on, faire un appel de capitaux pour reconstituer son capital dévoré.

— Cela ne m'étonne pas, dit le financier, j'ai toujours pensé que c'était une affaire à *doubles fonds*.

*
* *

Trois vacances académiques ! Trois à la fois !

Il y avait longtemps qu'on n'avait été à pareille fête nécrologique au bout du Pont des Arts. Il y avait là de quoi mettre sur les dents toutes les voitures de remise de Paris. Car il est bien entendu que pour chacun des trois fauteuils une bonne douzaine de concurrents se présente.

On raconte à ce sujet une aventure fort ré-
jouissante.

La chose date d'hier à peine, et la scène se
passe dans l'escalier de M. X..., immortel. Ne me
demandez pas de grâce de soulever davantage
le voile de l'incognito. Point ne le pourrait sans
tomber sous le coup de la terrible loi Guilloutet,
qui plane toujours sur la tête d'un chroniqueur en
velléité d'indiscrétion. C'était dans l'atelier de
M. X..., immortel. Un monsieur montait. Un
autre monsieur pose le pied sur la première
marche et se met à monter aussi. Le numéro 1
avait une avance de deux étages ; malheureusement un commencement d'asthme ralentit forcément son ascension, tandis que le numéro 2,
plus ingambe, accélére la sienne. Bref, numéro 1
et numéro 2 arrivent *dead heat* au troisième étage
et étendent en même temps la main vers le cor-
don de sonnette de l'Académicien, dont ils ve-
naient l'un et l'autre solliciter la voix.

Les deux rivaux se regardent, se recon-
naissent, et demeurent cloués par le saisisse-

ment. Après trois ou quatre minutes d'hésitation, cependant, ils se décident à parler :

— Après vous.

— Je n'en ferai rien.

— Permettez.

— Non, vous dis-je.

Ils en étaient là de leurs révérences diplomatiques, quand soudain on entendit un bruit de voix derrière la porte :

— Encore merci, cher maître, disait-on.

— Vous pouvez compter sur mon vote, était-il répondu.

En même temps la porte s'ouvrit brusquement, et les deux candidats se trouvèrent en présence d'un troisième concurrent que M. X... reconduisait lui-même avec les assurances que vous savez. Tableau !

*
* *

Si Gavarni vivait, il pourrait ajouter une légende de plus à la collection des *Enfants terribles*.

Toto était venu passer les jours gras à la maison
paternelle, et son père de l'interrôger sur ses
travaux de collége.

— Tu apprends la gymnastique maintenant?

— Oh oui ! papa.

— Cela t'amuse ?

— Je crois bien, papa... Et puis c'est si utile !
Toi aussi tu l'as apprise la gymnastique, n'est-ce
pas, papa ?

— Moi, jamais !

— Allons donc ! je sais bien que si.

— Tu sais...

— Parbleu ! puisque le cousin Benoît disait
encore hier, en parlant de toi, que tu passais ta
vie à faire la culbute et à retomber toujours sur
tes pieds.

C'est de la tribune des journalistes qu'est tombé,
au Corps législatif, ce mot cruel :

Un matin arrive pour prendre place dans la

tribune consacrée un visage tout à fait inconnu. Naturellement on s'informe quel est ce nouveau venu. On apprend enfin que le rédacteur en chef d'une feuille gouvernementale du temps, personnage fort taré d'ailleurs, étant parti pour accompagner son ministre dans une tournée électorale, on a fait venir de province, pour le suppléer, un journaliste de préfecture, celui-là même dont personne ne connaissait les traits.

Et en se penchant sur son voisin de murmurer :

— C'est ce qu'on appelle un prêté pour un vendu.

* *

C'est de la tribune des journalistes aussi qu'est partie cette boutade terrible contre un ministre de Juillet, accusé d'avoir reçu plus d'une fois le prix de certaines faveurs par lui accordées :

— X... est sourd comme un pot... de vin.

De là, encore ce trait contre un homme d'État

israélite fort connu autrefois. L'homme d'Etat
venait de se marier, et sa femme, dont la maigreur dépassait toute vraisemblance, assistait
pour la première fois aux séances de la Chambre
des députés. Et chacun naturellement de se la
montrer de l'œil ou de la lorgnette, lorsque je
ne sais plus qui, intervenant, de dire:

— Ce pauvre Y... il a beau s'appeler Moïse, il
n'a pas pu être sauvé des os.

*
* *

Il est deux heures du matin.

Le Paris nocturne a commencé à vivre sa
seconde vie, — vie de police vigilante, de filou-
terie armée, de plaisirs maladifs, de travail forcé.

Les rues silencieuses semblent agrandies par
leur solitude. Les fenêtres se sont éteintes suc-
cessivement. A peine en découvrait-on quelques-
unes où brille le reflet de la bougie qu'a oublié
de souffler un fanatique, endormi par la lecture
du journal du soir.

Aussi vous hâtez le pas, lorsqu'au détour d'un boulevard, à la porte d'un cercle ou d'un restaurant, une voix rauque et qui semble sortir de dessous terre vous a soudain crié :

— Faut-il une voiture, bourgeois?

La voix, c'est la sienne, celle du cocher de nuit.

Le cocher de nuit est un spéculateur, — quand ce n'est pas un indépendant.

Il aime l'argent ou il hait les règlements de la préfecture. Souvent il fusionne la sympathie numéro un avec la haine numéro deux.

Un *souvent* qui ressemble à un *toujours*.

— La nuit, dit le proverbe, tous les chats sont gris.

Ce n'est en effet que la nuit qu'il est possible de jouir des bénéfices d'un incognito tolérant.

Ce n'est que la nuit qu'il est possible de doubler ses revenus en simplifiant son travail.

Les gens qui s'amusent payent sans compter ;

ceux qui ne s'amusent pas comptent parfois sans
payer.

Et moi aussi je serai cocher de nuit!

Grâce à ma nouvelle profession, les teintes ru-
tilantes de mon nez seront voilées par l'obscurité; et ne trahiront plus mes prédilections
alcooliques.

Donc je pourrai boire !

Grâce à ma nouvelle profession, les sergents de
ville ne m'apparaîtront plus que disséminés et
légèrement assoupis.

Donc je pourrai marauder !

Grâce à ma nouvelle profession, les clients,
pressés par la fatigue, l'amour-propre ou l'amour
pur et simple, ne prendront pas le temps de me
chicaner le pourboire!

Donc je pourrai m'enrichir!

Que le cocher de nuit soit... et le cocher fut!

———

Ils forment un trio : la voiture, le cheval et
l'homme.

La voiture, grince sur ses essieux mal graissés, cahote sur ses ressorts effrondés, bâille ses portières que la moindre secousse disloque.

Çà et là, on a réparé avec des bouts de corde une avarie rédhibitoire. L'appareil est tantôt au brancard, tantôt à la roue. Qu'importe !

Quant à l'intérieur de la voiture, bénie soit la complaisante obscurité qui empêche de voir ces coussins bleus, reprisés de vert, maculés de boue, grimaçant par cent déchirures !

La voiture allait être vendue trente francs pour le dépeçage. C'est juste ce que le cocher de nuit en tire comme revenu quotidien.

Est-ce que ce n'est pas plus fort que de jouer à la Bourse ?

Le cheval est un débris quelconque.

Il est morne, mais résigné. Il semble dire :

— Heureusement qu'on ne me reconnaîtra pas !

On en a vu un ou deux galoper ! Ils avaient donc mangé beaucoup d'avoine?... Non... mais le cocher de nuit avait bu beaucoup de petits verres.

Je vous ai déjà fait entrevoir que dans le cocher de nuit, le nez c'est l'homme même. Buffon
doit être satisfait, mais vous ne le seriez peut-
être pas si je ne complétais la description physique.

Il est généralement vieux, généralement
maigre, généralement enroué. Vieux, car en
somme il a besoin d'expérience pour être sceptique; maigre, car le vin nourrit sans engraisser;
enroué, car le brouillard a pris ce que l'eau-de-
vie avait oublié de sonorité dans son larynx.

Quant au moral... ne plaisantons pas sur les
mots... Quant au moral, il a son code à lui, son
intérieur à lui, sa philosophie à lui — et l'argent... aux autres !

————

A propos d'argent, méfiez-vous!

On ne sait comment la chose arrive, mais en
route une des lanternes de la voiture s'est éteinte.

Vous descendez à votre porte. Vous donnez
vingt, dix francs; il vous rend la monnaie ; vous
sonnez et rentrez.

Seulement le lendemain matin, en vous réveillant, — votre regard surpris rencontre sur la table de nuit une collection variée de pièces hybrides.

Il y a des pièces allemandes en cuivre argenté, des pièces américaines au-dessous du titre, des pièces anglaises hors de cours.

Jusqu'à des pièces de quinze sous démonétisées depuis vingt ans ! Cela devient de la numismatique.

Mais au point de vue purement économique, si vous ne tenez pas à être collectionneur, méfiez-vous !

La lanterne éteinte ne permet pas le contrôle ; tirez une allumette, car le cocher de nuit a formulé cet axiome :

« Les pièces, c'est comme les femmes.

« Le talent consiste à les faire paraître bonnes — quand elles ne sont que fausses. »

———

Le cocher de nuit a trois revenus principaux : les restaurants, les cercles, les soirées.

Il a aussi trois séries d'observations personnelles appropriées aux circonstances : pour lui les
extrêmes se touchent.

Si c'est au restaurant, le souper de la lune de
miel ou le souper de la lune rousse se valent.

Dans la lune de miel, la joie rend généreux.
Dans la lune rousse, il y a chagrin, dispute et
finalement crise de nerfs !

Oh ! la crise de nerfs ! Quelle aubaine !

De même pour le joueur très-heureux ou
très-malheureux.

Au chapitre soirées, toute une étude est nécessaire.

Il s'agit de distinguer, car nous comptons bien
des classes.

Le mari qui reconduit sa femme. — *Mauvais.*

Le soupirant qui reconduit sa belle. — *Bas.*

L'artiste qui a chanté avec succès, *Passable.*

Idem   sans succès. — *Très-médiocre.*

Le petit employé à qui est imposée la corvée.—
Détestable.

Le monsieur qui veut épouser une jeune fille à dot. — *Excellent.*

Le cocher de nuit a toute cette gamme-là dans le coup d'œil.

C'est un virtuose.

———

Peut-être trouvez-vous l'existence du cocher de nuit bien pénible et bien monotone.

Pénible, oui; mais l'habitude et l'espoir du gain!

Monotone, non; il y a des distractions et des compensations.

Tantôt le verre de champagne que des gandins envieux de popularité font descendre du cabinet numéro ***, tantôt les poignées de cigares que la générosité surexcitée des susdits lance par la fenêtre.

Le cocher de nuit qui s'ennuie fait aussi monter avec intention sa voiture sur les trottoirs.

Cette récréation n'est pas toujours du goût de la pratique incluse dans le véhicule, mais des goûts et des couleurs...

Et puis il a des connaissances !

Parfois, un peu avant l'aube, vous le verrez dialoguer avec une de ces dames que l'édilité charge du soin de faire les toilettes du pavé parisien.

O vous qui voulez vous dégoûter à jamais des plaisirs faciles, de leurs pompes et de leurs œuvres, un conseil, s'il vous plait.

Tâchez un matin d'assister à la rentrée du cocher de nuit, quand l'aurore s'est levée.

La voiture apparaît dans sa hideur, le cheval dans sa maigreur, l'homme dans sa torpeur.

C'est horrible.

Et instinctivement vous vous direz.

— Voilà l'emblème de l'envers de mes joies, voilà ce que je serai quand moi aussi je voudrai me remiser à cinquante ans !...

Et ce soir-là, vous vous coucherez à neuf heures.

16

C'était pendant l'entr'acte, à la première représentation de la dernière comédie qui vit le
feu de la rampe avec un insuccès admirablement mérité. Mon voisin de stalle, petit vieux
nerveux et sec qui n'avait cessé de donner pendant la représentation des signes de mécon-
tentement, se tourna brusquement vers moi au
moment où la toile tombait, et prenant soudain
la parole :

— Ah ! monsieur, quelle décadence, quelle décadence !

— Plaît-il ?

— Quelle décadence, je le répète ; si vous sa-
viez le supplice que j'endure, moi, un vieil ama-
teur de spectacle, chaque fois que je mets le pied
dans un théâtre ! Voulez-vous me permettre,
quoique je n'aie pas l'honneur d'être connu de
vous, de m'épancher un peu ? La colère me suffoque et... c'est dit, vous permettez ?

Tenez, monsieur, vous avez dîné à l'une des
tables d'hôte des pays de tourisme dont les menus sont invariablement composés d'un tas de
grosses choses vulgaires, et remplaçant la qualité
par la quantité. Voilà précisément notre affaire.

Paris étant devenu une auberge, le théâtre en
est la table d'hôte intellectuelle. Pourquoi vou-
driez-vous qu'on se mît en frais de plats fins
pour des gens qui, ne faisant que passer, ont à
peine le temps, comme on dit vulgairement, de
tordre et d'avaler ? A la bonne heure le ragoût de
consommation facile, le ragoût dans lequel il y a
à la fois de quoi manger et de quoi boire : ce
ragoût-là s'appelle la *Biche au Bois* ou quelque
chose d'analogue. Inutile que le chef de cuisine se
préoccupe davantage, quand une fois il a trouvé
la formule de ces macédoines.

Tous les soirs, pendant un an ou plus, il peut
la servir à la même heure, sûr d'avance que des
dîneurs de rencontre y viendront essayer leur
appétit glouton. Et puis, précieux avantage, cela
se réchauffe : ce qui vous explique l'innombrable

quantité de reprises dont nous sommes assaillis.
Quand une de ces *machines* n'a fonctionné que
deux cents fois de suite, le directeur fronce le
sourcil, prêt à dire aux spectateurs :

— Gogos, je ne suis pas content de vous !

Notez bien que le mal n'en est encore qu'à son
point de départ ; mais plus nous irons, plus il
s'accentuera. Dans une dizaine d'années. d'ici il
sera devenu impossible au Parisien de mettre le
pied dans aucun de ses théâtres. Il aura été
exproprié pour cause de gamelle internationale.

Combien de gens de goût préféreraient à ces
olla podrida trois ou quatre fois centenaires les
petits plats exquis du passé ! Récapitulez dans
votre souvenir ce répertoire intime et charmant
qui vivait (c'était beaucoup alors) quarante ou
cinquante soirées, qui se renouvelait continuelle-
ment, qui tenait en haleine dans un effort con-
tinu l'auteur, l'acteur, l'auditeur.

Ramassez les morts qui gisent sur le champ de
bataille théâtral, et vous reconnaîtrez d'anciens
amis qui n'ont point été remplacés. La pièce en

un acte d'abord. On ne délayait point alors ; quand on avait un morceau de sucre on ne prétendait pas en sucrer la Seine de Passy à Bercy : on se contentait d'une tasse exiguë dans laquelle on dégustait un breuvage de gourmet. La pièce en un acte était aux immenses élucubrations en trente-deux tableaux ce qu'un Meissonier est au badigeon par lequel le *Prince Eugène* ou la *Belle Jardinière* annonce sur le mur d'une maison à cinq étages ses denrées au rabais.

Mais entrons dans le détail.

Autrefois un directeur de théâtre pouvait être un simple homme de goût faisant en même temps les affaires de l'art et les siennes. Aujourd'hui, c'est un spéculateur qui joue perpétuellement son va-tout ; il est sans cesse sur le point de se voir exécuter, si la partie décisive ne le sauve.

La faute en est au système que je vous signalais plus haut ; quand une pièce en un acte, deux actes, ou trois actes tombait, l'échec était plus moral que financier ; tout était sauvé fors l'honneur. Maintenant il faut sur une seule carte jouer

16.

un avenir. Tant pour les costumes, tant pour les décors, tant pour le coup de voix d'une chanteuse populaire qui viendra à propos de rien ou hors de propos dégoiser sa ritournelle de carrefour, tant pour les machines, tant pour les paillettes, tant pour les lumières électriques et les apothéoses, tant pour les brins de musique intercalés par le fameux faiseur; c'est un total effroyable, savez-vous bien?

Sous les fourches caudines de ce total, la musique passe aussi bien que le genre, le drame que la comédie.

Les uns exigent pour le troisième acte un mobilier capitonné de dix mille francs; les autres, pour accompagner leur partition, réclament des cascades d'eau naturelle ou des animaux vivants.

Comment voulez-vous que la tour de Babel ne s'écroule pas tôt ou tard?

Et les artistes! monsieur, reprit mon fougueux voisin après une minute de repos. Les artistes!

Sans doute sur ce point comme sur les autres on pourrait nous citer quelques honorables exceptions, mais je parle des règles générales.

La règle générale, c'est dégénérescence. Il n'en peut être autrement.

Ici surtout le système des cent et deux cents représentations, devenues nécessaires pour couvrir les frais, émousse l'originalité de l'artiste, l'immobilise dans une besogne écœurante, en fait un ruage qui manœuvre au lieu d'un homme qui pense. Je vous défie de trouver un talent qui résiste à des épreuves pareilles. Ayez donc un acteur comique qui reste primesautier et chercheur quand vous l'aurez contraint à parader deux cents soirs durant sous un des travestissements de la *Vie parisienne !* Ce qu'il faut au comédien, c'est l'étude variée, ce sont les contrastes des rôles entre eux, c'est l'émulation par la comparaison avec lui-même.

Mais plus rien de tout cela ! En vérité, je vous le dis, nous finissons par avoir au lieu d'artistes des mécanismes plus ou moins compliqués. Il n'y a que les engrenages qui résistent à de semblables tâches.

Quant aux comédiennes... si la décadence est évidente au masculin, elle l'est encore bien davantage au féminin. Je laisse en dehors le théâtre de musique. Au prix où est la roulade, la chanteuse peut, à Paris, vivre de ses propres ressources ; mais la comédienne, à moins d'être une étoile de première grandeur, ne le peut absolument pas. Qu'arrive-t-il alors ? que le sort des théâtres est entre les mains de Turcaret, de M. Mondor et du jeune Gandinet ; entre les mains des petits viveurs qui font leurs dents et des vieux viveurs qui perdent les leurs.

Prenons une demoiselle X... quelconque pour exemple. D'où vient-elle ? du Conservatoire ou de chez Bouteville, le fabricant libre d'ingénues et de grands premiers rôles ? Après des misères et des tribulations dont j'abrége la nomenclature, mademoiselle X... a obtenu un engagement, puis une création.

O rêve réalisé ! ô joie ! ô illusion !

Toute la nuit la pauvrette n'a pas dormi, tant elle était heureuse. Le lendemain matin elle est la première à la répétition. Le directeur, la trouvant seule, profite de l'occasion pour lui parler :

— Mon enfant...

— Monsieur ?

— Je vous ai donné hier un rôle.

— Oh oui, monsieur, je vous en suis bien reconnaissante.

— Il n'y a pas de quoi, le rôle n'est pas très-important, soixante lignes environ.

— N'importe, je ferai de mon mieux.

— Très-bien, mon enfant, mais j'ai une importante recommandation à vous faire. Votre auteur tient expressément à ce que votre toilette sorte des ateliers du fameux couturier à la mode. Il a dessiné lui-même le croquis que voici. Jupe de soie couverte d'Angleterre, corsage...

— Mais, monsieur, cela coûtera au moins cinq mille francs, et je ne gagne que soixante francs par mois !

Étonnez-vous ensuite qu'il y ait au théâtre

tant de nullités remplissant exclusivement l'office de mannequin sur lequel on étale les soieries aux vitrines des magasins de nouveautés, mais plus d'artistes éprises de leur profession. Entre le souper de la veille et la promenade au bois du lendemain il n'y a plus de place pour le travail.

Les Dieux s'en vont !

Bref, monsieur, au théâtre, comme sous bien d'autres rapports, on a fait de la centralisation excessive, et la scène française est menacée de mourir d'une hypertrophie de spectateurs. Plusieurs empiriques ont proposé divers moyens pour guérir cette maladie-là ; moi, je la crois incurable...

J'avoue franchement que je ne trouvai rien à répondre à mon irascible voisin, et d'ailleurs le rideau venait de se lever sur le dernier acte de la représentation.

Paris — Imp. A.-E. Rochette, 72-80, boulev. Montparnasse

OUVRAGES DU MÊME AUTEUR

Volumes in-18 jésus à 3 francs

Paris. — Imprimerie A.-E. Rochette, 72-80 boul⁴ Montparnasse

www.ingramcontent.com/pod-product-compliance
Lightning Source LLC
Chambersburg PA
CBHW071906020726
47502CB00003B/919